KB113162

인기 스타가 된
베짱이 이야기

어·른·을·위·한·성·공·학·동·화

인기 스타가 된
베짱이 이야기

김태광 지음

위닝북스

시련은 고통이 아니라
좀 더 빛나는 삶을 위한 축복이다

사람들은 14년 동안 책 쓰기만 해온 나를 보며 '돌직구 인생'이라고 말한다. 지금 나는 대한민국 최고의 최연소 책 쓰기 코치로 활동하고 있지만 과거에는 고등학교 시절까지 생활보호대상자였을 정도로 힘들고 비참한 시기를 감내해야 했다. 하지만 결국 지금까지 계획해왔던 모든 꿈을 이루었다. 내가 쓴 글이 초·중·고등학교 5권의 교과서에 수록되었고, 현재 어대의 수입차를 타고 다니며 강남에 위치한 대형 아파트에서 살고 있으며 〈한국 책쓰기 성공학 코칭협회〉를 운영하고 있다.

14년전, 나는 시인과 작가가 되기 위해 3년 반 동안 서울의 한 고시원에 틀어박혀서 원고 집필에 몰두했었다. 하지만 수백 군데의 출판사로부터 퇴짜를 당해야 했다. 첫 책 계약 후 고향인 대구로 내려와 직장생활을 하면서 책 쓰기에 고군분투하던 중 갑작스런 아버지의 부음이라는 시련과 함께 수천만 원에 달하는 빚까지 상속받았다. 그리고 몇 달 후 다니던 신문사에서도 구조조정을 당하게 된다. 당시 나는 그 누구에게도 기댈 수 없었다. 나 자신과 꿈 그리고 하나님 밖에는. 그 후 나는 소주를 마시며 내 처지에 대해 좌절하고 절망해야 했다. 하지만 '아무리 암울한 상황을 부모 탓, 세상 탓으로 돌려봐야 현실은 조금도 나아지지 않는다'는 생각으로 '책 쓰기'에 내 인생의 전부를 걸었다.

그리고 14년이 지났다. 그동안 책 쓰기만 해온 돌직구 인생에 조금씩 빛이 보이기 시작했다. 작가의 꿈을 품고 책을 쓴지 3년 만에 첫 책을 냈고, 9년 만에 중국과 대만, 태국 등에 저작권을 수출했으며, 초 · 중 · 고등학교 5권의 교과서에 내가 쓴 글이 수록되었다. 2011년 경기도교육청에서 추천하는 '청소년에게 영향력 있는 작가'에 선정되었고, 35세까지 110여 권의 책을 펴내 2011년 〈대한민국기록문화대상〉, 2012년 〈대한민국 신창조인 대상〉, 2013년 〈도전한국인 대상〉을 수상했으며, 우리나라 최초로 최연소 최단기간 최다 집필 공적으로 '기네스'에 등재되었다. 지금은 〈한국 책쓰기 성공학 코칭협회〉를 설립해 대한민국 대표 책 쓰기, 성공학 코치로서 다양한 분야의 사람들의 성공을 돕고 있다.

이 책, 어른을 위한 동화 《인기 가수가 된 베짱이 이야기》에는 언제나 긍정적이고 꿈을 포기하지 않는 베짱이가 나온다. 뜨거운 햇볕이 내리쬐는 여름날, 개미들은 허리가 휘도록 그저 일용할 양식을 모으기 위해 분주하지만 베짱이는 가수가 되기 위해 열심히 노력한다. 개미들은 일은 하지 않고 빈둥빈둥 놀기만 한다며 무시하지만 베짱이는 아랑곳하지 않는다. 물론 베짱이가 쉽게 꿈을 이룬 것은 아니다. 그의 꿈인 가수가 되기까지 숱한 시련과 역경이 닥친다. 하지만 그는 그때마다 쉽게 자신의 꿈을 포기하지 않았다. 그리고 '준비된 자에게 스승이 나타난다'는 말처럼 좌절과 실의에 빠져 있던 시기, 귀뚜라미 선생님을 만나게 되어 몇 번의 도전과 실패 끝에 마침내 가수의 꿈을 이룬다.

이 동화는 모두 나의 삶에서 모티브를 얻었다. 베짱이는 지금의 나이고, 개미들은 과거 내가 시인, 작가, 강연가의 꿈을 이루기 위해 노력하고 있었을 때, 부정적인 말과 냉정한 시선으로 상처를 주었던 주변 이들이다.

이 책의 주인공 베짱이가 텔레비전에 출연해 노래를 부르는 것이 꿈이었다면, 나는 텔레비전에 출연해 특강하는 것이 꿈이었다. 이 꿈은 2012년 8월, TV특강 〈행복플러스〉, 9월 KBS 〈아침마당〉에 출연함으로써 마침내 실현했다. 롯데백화점, 현대백화점, 서울지방경찰청, 대구지방경찰청, 지방행정연수원, 충청북도단재교육연수원에서 4, 5, 6급 공무원들을 대상으로 책 쓰기 특강을 진행했으며, 현재 대기업과 관공서, 단체들로부터 강연이 쇄도하고 있다.

물론 시련을 이겨낸다는 것은 쉽지 않다. 아니 어렵다. 아프고 쓰리고 눈물겨운 것이다. 나는 그 사실을 그 누구보다 잘 안다. 그래서 과거의 나처럼 힘든 시간을 보내고 있는 이들에게

'포기만 하지 않는다면 반드시 꿈이 이루어진다' 라는 것을 생생하게 보여주는 롤 모델이 되고 싶다.

서른일곱, 내 인생 최고의 날은 아직 오지 않았다. 나는 나 자신이 생각하는 것보다 더 잘할 수 있다는 것을 믿는다. 이제 다시 시작이다. 시작은 좌충우돌했지만 결국 해피엔딩이 될 나의 인생에 여러분을 기꺼이 초대한다.

김태광 〈한국 책쓰기 성공학 코칭협회〉 총수

C·O·N·T·E·N·T·S

• 차 례 •

인간은 오래 살기를 원한다.
그러나 그 삶은 무엇보다 신중하고 가치가 있어야 한다.
인생의 시간을 잘 활용하는 것은 쳇바퀴 돌듯
기계적으로 사는 것이 아니라 진실한 삶을 사는 것이다.
— 랠프 에머슨

삶의 목표가 너무나도 다른
베짱이와 ⑦번 개미

어느 무더운 여름날 오후였습니다. 뜨거운 햇볕이 쨍쨍 내리쬐었고 땅에서 올라오는 열기는 온몸을 녹여 버릴 듯 강렬했습니다. 가만히 있어도 땀이 뚝뚝 떨어질 정도로 더운 날이었기에 금방 샤워한 듯이 온몸이 땀으로 흠뻑 젖곤 했습니다.

하늘에는 잠자리와 나비들이 꿀을 찾아 분주하게 날아다니고 있었습니다. 땅에서 일하는 개미들도 역시나 마찬가지였습니다. 이런 뜨거운 날씨에도 아랑곳하지 않고 먹이를 찾아 바쁘게 돌아다니는 중이었지요. 개미들은 자신보다 몸집이 작은 죽은 곤충이나 과자 부스러기 같은 먹이를 힘겹게 운반하고 있었습니다. 때로는 자신보다 몸집이 큰 곤충이나 사람들이 땅에 흘린 커다란 음식물들을 발견하기도 했습니다. 그러면 자신의 힘에 부치더라도 그것들을 옮기기 위해 있는 힘껏 노력했습니다. 오로지 겨울 양식을 미리 준비하고자 하는 생각 때문이었지요.

너무나 바쁜 나머지 개미들은 더위를 느낄 틈조차 없었습니다. 자신의 몸에서 얼마나 땀이 나는지 느끼지도 못할 정도였답니다.

그러나 이런 개미들과는 달리 베짱이는 검은 모자를 쓰고 검은색 정장 차림으로 여유롭게 나뭇가지에 앉아 있었습니다. 기타를 치며 노래를 부르고 있었던 것입니다. 개성 넘치는 차림의 베짱이는 어디에서나 한눈에 띄었습니다. 베짱이의 노래 실력은 그다지 나쁘지 않았습니다. 아니 잘하는 편이었답니다. 그리고 베짱이는 스스로 자신의 목소리에 만족했습니다.

하지만 개미 중에는 아무도 그의 노래를 좋아하는 이가 없었습니다. 부지런한 개미들의 눈에는 베짱이가 게으르게만 보였던 것입니다. 자신들은 열심히 일하는 데 놀기만 하는 것처럼 보이는 베짱이가 얄밉게 여겨졌던 것이지요. 한 마디로 베짱이는 개미들에게 눈엣가시 같은 존재였습니다.

"와~ 여름이 왔네~ 여름은 꿈의 계절~."

"우리 모두 신 나게 춤을 춰요~ 오, 오, 모든 걸 잊고~."

빈둥빈둥 놀고 있는 것처럼 보이는 베짱이를 보며 개미들은 저마다 한 마디씩 던졌습니다.

"야, 베짱이! 이 친구야, 일은 안 하고 매일 기타나 치고 노래만 할 거야?"

"이 정신 나간 친구야, 언제까지나 여름인 줄 알아? 곧

찬 바람이 불어올 거야. 그걸 왜 모르나?"

"기타만 치고 있으면 밥이 생기냐? 돈이 나오냐? 노래 실력도 형편없는 주제에 이제 그만하고 일 좀 하지그래?"

비난하는 개미들의 목소리가 베짱이의 귓가에도 들려왔습니다. 그러나 베짱이는 아랑곳하지 않았습니다. 오히려 기타 소리에 맞춰 더 큰 소리로 노래를 불렀습니다. 노랫소리는 이웃마을에까지 들릴 정도였습니다.

베짱이는 잠시 노래를 멈춘 후 개미들에게 말했습니다.

"나는 말이지. 자네들처럼 미래 걱정에 하루하루를 희생만 하면서 재미없게 살아가진 않을 거야. 내겐 꿈이 있다고. 아주 커다란 꿈 말이야."

그의 말에 ⑦번 개미가 답했습니다.

"뭐라고? 꿈? 나도 밤마다 꿈은 꾼다네. 근데 그게 뭐 어떻다고?"

"하하하!"

베짱이는 웃으면서 답했습니다.

"⑦번 개미야, 내가 말하는 꿈은 잘 때 꾸는 꿈이 아
니라 삶의 목표를 말하는 거야. 지금보다 좀 더 멋진 미
래 말이지."

그러자 ⑦번 개미가 답했습니다.

"목표라면 물론 나도 있어."

궁금하다는 표정으로 베짱이가 질문했습니다.

"그래? 어떤 목표야? 궁금하다. 무엇인지 얘기해봐."

그러자 ⑦번 개미는 뿌듯한 표정을 지으며 이렇게 답
했습니다.

"응, 그건 말이지, 겨울이 오기 전에 우리 집 창고에 식
량을 한가득 채워 넣는 거야."

⑦번 개미의 대답을 들은 베짱이는 어이없다는 표정으
로 답했습니다.

"하하하. 그게 네 삶의 목표야? 오로지 너는 먹는 것밖에 모르는구나. 꿈이라는 건 말이지, 5년 후 10년 후 굶어 죽지 않기 위해 얼마를 저축한다거나, 어떻게 재테크를 해서 재산을 모은다는 그런 개념이 아닐세."

그러자 ⑦번 개미는 무척 기분이 나쁘다는 어투로 다시 물었습니다.

"그렇다면 베짱이 자네 삶의 목표는 뭔데 그래? 얼마나 대단한 것이길래? 어디 한 번 들어보기나 하자고."

베짱이가 사뭇 진지한 표정으로 대답했습니다.

"음… 나는, 나는 말이지. 가수가 될 거야. 인기가 아주 많은 가수 말이야. 많은 이에게 사랑받는 그런 가수!"

그리고 베짱이는 이어서 말했습니다.

"물론 텔레비전에도 나오고 돈도 많이 벌게 되겠지! 그렇지만 그렇게 되는 게 나의 궁극적인 목표는 아니야. 나는 많은 이들이 내 노래를 들어주고 내가 그들을 행복하게 해주길 바라는 것이지. 이게 내 꿈이고 진심일세."

그러자 ⑦번 개미는 한심하다는 듯 쳐다보며 베짱이에게 쏘아붙이듯 말했습니다.

"쯧쯧, 자네 그 실력으로 가수가 될 수나 있겠는가. 정말 배짱 한번 두둑하군그래. 만일 자네가 가수가 되면 내 손에 장을 지지겠네. 으하하!"

⑦번 개미의 비웃음과 불가능하다는 장담에 베짱이는 기분이 몹시 상했습니다. 하지만 워낙 낙천적인 성격인 베짱이는 그의 비웃음 따위는 금방 잊어버리기로 했지요.

베짱이는 기타를 흔들어 보이면서 미소를 지으며 말했습니다.

"⑦번 개미, 자네가 뭐라고 하더라도 난 내 꿈을 포기하지 않을걸세. 자네도 죽어라 일만 하지 말고 꿈에 대해 한번 생각해보게. 그리고 이 여름을 좀 즐기는 건 어떤가? 이 뜨거운 햇볕 아래 살랑거리며 불어오는 한 줄기 바람, 그리고 그 아래서 즐기는 낮잠의 달콤함을 말이지. 이 여름이 주는 혜택을 즐기지 않는다는 건 여름을 모욕하는 걸세."

이런 베짱이의 말에 유난히 초코파이 부스러기를 좋아하는 ③번 개미가 대꾸했습니다.

"우린 말이지, 자네처럼 한가하게 기타나 치고 노래나 부를 여유가 없어. 여유 많은 자네나 많이 즐기시게. 그리고 그렇게 즐긴다고 누가 우리에게 과자부스러기 하나라도 주는 줄 아는가. 우리가 열심히 일해야만 잘 사는 거라네."

그러고는 ③번 개미가 덧붙여 말했습니다.

"쯧쯧, 저 친구 구제불능일세, 혹시 아는가, 자네 노랫소리 때문에 도무지 일에 집중할 수가 없다는 걸. 부탁일세. 딴 데 가서 노래 좀 부를 수 없겠나?"

그러자 베짱이는 호탕하게 웃으며 말했습니다.

"하하하. 이 나무가 제일 전망이 좋아서 말이야. 미안하네. 그 대신 내가 인기 스타가 되면 꼭 한턱내겠네."

이 말을 들은 ③번 개미는 비웃으며 대꾸했습니다.

"허 참, 아직도 정신을 못 차렸나 보네. 자네 그만 웃기

셔. 하도 웃었더니 배꼽이 다 빠지려고 하잖아. 크크크. 자
네는 절대로 가수가 될 수 없을 거야. 절대로! 그전에 굶어
죽지나 않으면 다행이라는 생각이 드는걸."

③번 개미는 간신히 웃음을 참으며 이어서 말했습니다.

"그나저나 언제까지 그렇게 기타나 치고 있을지 지켜보
겠네."

그러자 다른 개미들도 일제히 한 마디씩 던졌습니다.

"내 장담하는데 베짱이 자네, 겨울이 되면 굶어 죽고 말
거야. 그러니 한번 맘대로 해보시게나."

"저 친구 때문에 내가 웃고 산다니까. 후후."

"베짱이 저 녀석에게 말하는 것은 과자 부스러기에 대
고 말하는 거랑 같아. 내 입만 아파."

이구동성으로 베짱이를 비웃던 개미들은 더는 대꾸하
지 않았고 묵묵히 다시 하던 일을 계속했습니다.

다시 정신없이 먹이 운반에만 여념이 없는 개미들을 보

며 베짱이는 생각했습니다.

'정말 가엾은 친구들이군그래. 마치 세상에 태어난 이유가 일하기 위한 것 같아. 쯧쯧. 이 좋은 여름날 누릴 수 있는 휴식의 즐거움도 알면 참 행복할 텐데 말이지. 내가 뭐 매일 놀라고 하는 것도 아니잖아. 그저 잠시 이런 행복감을 느껴보라는 것이지. 안타깝군, 그리고 꿈이 없는 삶은 너무 허무하지 않을까? 먹고 살기에만 전념하는 거 너무 재미없어.' 베짱이는 목청을 가다듬고는 다시 노래하기 시작했습니다.

"창문을 열어다오~ 첫사랑아~."
"난 오직 그대 생각뿐이라오."

베짱이는 여름이 너무나 좋았습니다. 날씨가 후텁지근했지만, 겨울처럼 춥지도 않았고 또 나뭇가지에 앉아 시원한 바람을 마음껏 느낄 수 있었기 때문입니다. 하지만 베짱이는 개미들에게 무시당할 때마다 기분이 상했습니다. 마음도 아팠습니다. 그러나 그런 것쯤은 충분히 참을 수 있었습니다. 자신에게는 '인기 가수라는 꿈'이 있었기 때문입니다. 그리고 분명 자신의 노력이 헛되지만은 않을 것이라는 사실을 알고 있었기에 마음을 다잡고는 다시 노래 연습에 몰입했습니다.

모두 잠든 밤, 베짱이는 나뭇잎 위에 기타를 베개 삼아 누웠습니다. 밤하늘에는 수많은 별이 보석처럼 박혀 반짝반짝 빛나고 있었습니다. 베짱이는 반짝이는 밤별을 바라볼 때면 행복했습니다. 마치 자신이 밤에 빛나는 별처럼 세상에서 빛나는 인기 스타가 된 것 같았기 때문입니다. 베짱이는 밤하늘의 별을 바라보면서 중얼거렸습니다.

'나도 언젠가 꼭 저 별처럼 반짝반짝 빛나는 가수가 되고 말 거야. 두고 보라고!'

건강을 잃으면
모든 것을 다 잃은 거야

"베짱이 녀석 웬일이지? 노래를 다 안 부르고."

개미들은 베짱이의 노랫소리가 들리지 않자 자못 궁금해졌습니다.

베짱이는 며칠 동안 새로운 곡을 만들기 위해 골똘했습니다. 그 덕분에 개미들은 며칠 동안 베짱이의 목소리를 들을 수 없었던 것입니다.

"야호! 드디어 완성했어."

새로운 곡을 완성하자 베짱이는 가슴이 터질 것 같은 행복감을 느꼈습니다. 마치 세상을 다 가진 것 같았지요. 새로 지은 노래는 한 편의 시 같은 발라드곡이었습니다.

베짱이는 나뭇가지 위에 앉아 기타를 치며 새로 지은 곡 연습에 여념이 없었습니다. 물론 그 아래에는 개미들이 여느 날과 마찬가지로 쉬지 않고 낑낑거리면서 먹이를 집으로 나르고 있었습니다.

개미들의 허리는 안 그래도 끊어질 듯 잘록한데 쉬지 않고 계속되는 힘든 작업 때문에 더 가늘어져 있었고 지쳐가고 있었습니다. 베짱이는 그들이 기운을 냈으면 하는 바람을 담아 있는 힘껏 노래를 불렀습니다.

"내 마음은 호수요, 그대 저어 오오."

"내 마음은 촛불이요, 그대 저 문을 닫아 주오."

노랫소리는 숲 속에 울려 퍼졌습니다. 베짱이도 쉬지 않고 자신의 노래에 심취해 불러댔습니다. 노래 한 곡이 끝나면 곧장 다른 노래를 불러서 노랫소리는 끊어지지 않고 계속 이어졌습니다.

개미들은 저마다 도끼눈을 치켜뜨고서 베짱이를 못마땅한 듯 쳐다보았습니다. 그러나 베짱이는 개미들과 멀리 떨어져 있었기에 자신의 새 노래가 개미들의 마음에 드는 줄로 착각했습니다. 그래서 더 목청껏 노래를 불렀습니다.

베짱이의 노랫소리에 개미들은 저마다 비난을 퍼부었습니다. 도저히 참지 못하고 ②번 개미가 고함을 질렀습니다.

"야, 베짱이야, 차라리 시를 써라, 시를 써!"

③번 개미도 이에 뒤질세라 한마디 거들었습니다.

"며칠 동안 살만하다 했더니 또 시작이군. 어이구 지긋지긋해! 이사를 하든지 해야지 원 참!"

자신의 예상과는 달리 개미들이 부정적인 반응을 보이자 베짱이가 그들에게 물었습니다.

"오늘 새벽에 새로 지은 곡인데 마음에 안 들어? 정말 이상하네. 나는 마음에 쏙 드는데…."

⑦번 개미가 베짱이를 비웃는 듯 대답했습니다.

"그걸 노래라고 하냐? 내가 불러도 너보다 낫겠다."

"들고 있는 기타가 아까워!"

"하하하! 크크크!"

그러자 주위에 있던 개미들은 한바탕 웃음을 터뜨렸습니다. 결국, 개미들의 무시하는 반응에 베짱이는 울적해지고 말았습니다.

베짱이는 목도 아프고 배도 고프고 해서 나뭇잎 위에 올려놓았던 빵을 집어 들어 한입 베어 물었습니다. 열심히 노래하고 난 후에 먹는 빵 맛은 최고였습니다. 베짱이가 물통을 들어 물을 마시려고 할 때, 그 모습을 보고 있던 ⑦번 개미가 소리쳤습니다.

"이제껏 멱따는 소리만 내더니 이젠 빵 먹니?"

"팔자 한번 좋구나."

기운을 잃은 베짱이는 아무런 대꾸도 하지 않았습니다.

"…."

하지만 베짱이는 빵을 먹고 나자 다시 기운이 났습니다. 오히려 베짱이는 곧 끊어져 버릴 것 같은 가는 허리의 개미들이 불쌍하게 여겨졌습니다. 그래서 그들에게 말했습니다.
"이봐 개미들, 매일 그렇게 식량만 모으면 뭐하나? 허리가 곧 끊어질 것처럼 말랐는데. 일도 좋지만 뭘 좀 먹어가면서 조금은 쉬어가면서 일하라고."
베짱이는 걱정되어 덧붙여 말했습니다.

"식량을 모으는 것도 좋지만, 그보다는 지금 자네들 건강이 더 중요하지 않은가. 건강은 한번 잃으면 회복하기가 참 어렵다네. 그러니 너무 무리하지 말게나."

사실 그동안 베짱이는 개미들이 쉬지 않고 식량을 나르는 것만 보았지, 무언가를 먹는 모습을 한 번도 보지 못했던 것입니다. 꿈을 이루는 것만큼이나 건강도 중요하게 생각하는 베짱이는 그런 개미들을 도무지 이해할 수 없었습니다.

베짱이는 열심히 노래연습을 한 후에는 꼭 휴식시간을 가졌습니다. 그 시간에는 계절의 변화를 느끼면서 행복감을 느꼈습니다. 봄에는 피어나는 꽃의 향기를 느꼈고 산새들의 지저귐에 귀를 기울였습니다. 여름에는 뜨거운 햇볕을 피해 시원한 나무그늘 아래 앉아 노래 연습을 했지요. 가을에는 단풍이 참 예쁘다고 느꼈습니다. 겨울은 좀 춥긴 하지만 그래도 함박눈이 참 예쁘다고 생각하곤 했습니다. 이렇게 사계절의 변화를 느끼면서 베짱이는 자신이 참 행복하다고 생각했지요.

하지만 베짱이의 말에 개미들은 한심하다는 듯한 표정을 지었습니다.

⑦번 개미가 답했습니다.

"걱정하지 마셔! 나는 안 먹어도 배가 불러. 왜 그런지 알아? 아마 자네 같은 게으름뱅이는 모를 거야. 암 모르고말고!"

베짱이가 물었습니다.

"안 먹는데 어떻게 배가 부르지? 말도 안 되는 소리 말게."

⑦번 개미는 머리를 모로 흔들며 말했습니다.

"우리 집 창고에는 식량이 산더미처럼 쌓여 있다네. 그걸 보고 있으면 배가 절로 불러와. 자네는 그 기분을 죽었다 깨어나도 모를 거야. 하하하."

그러자 ③번 개미도 한마디 했습니다.

"자네도 그런가? 우리 집도 식량이 가득한데, 그걸 보고 있으면 선혀 배고프시 않다니까."

베짱이는 다시 개미들의 허리를 쳐다보며 말했습니다.

"그래도 뭘 좀 먹으면서 조금은 쉬어가며 일하게. 자네

들 마음은 풍성할지 몰라도 몸은 허기져서 말라가는 것
같은데 말이지."

베짱이는 짧게 덧붙였습니다.

"뭐니 뭐니 해도 건강이 제일 중요하다네. 건강을 잃고
식량이 쌓인 식량을 바라보면 그때도 그렇게 기쁘기만 하
겠는가? 더 늦게 전에 내 말 좀 들어보세. 일하다가 가끔
은 허리도 좀 펴고 하늘도 바라보세. 구름이 얼마나 예쁜
지 아는가?"

개미들은 더는 베짱이의 말에 들은 척도 하지 않고 다
시 일에 열중했습니다.

베짱이는 먹지는 않고 오로지 모으는 데만 집착하는 개
미들이 안타까웠습니다. 하루하루 개미들의 허리는 가늘
어져 가고 있었고 기운을 잃다 보니 더듬이도 축 늘어져
있었습니다. 게다가 자연의 아름다움은 느끼지도 못한 채
오로지 일만 하는 모습이 안쓰럽게 여겨졌지요.

"아무리 집에 식량이 많으면 뭐해? 건강을 잃으면 그것

이 무슨 의미겠어…."

베짱이는 개미들을 보며 안타까운 마음으로 중얼거렸습니다. 그리고 자신은 잠시 스트레칭을 하고 나서는 눈을 감고 명상을 했습니다. 그러자 마음이 가라앉으면서 차분해지는 것을 느낄 수 있었습니다. 그렇게 베짱이는 노래 연습을 하다가도 적당히 쉬는 것도 잊지 않았습니다.

건강은 행복의 어머니이다. — 프란시스 톰슨

자신의 일에 치여
건강을 잃은 ⑦번 개미

개미들은 단 하루도 쉬지 않고 식량만 모았습니다. 어디에서 그렇게 계속 식량을 구해오는지 베짱이는 그런 개미들이 그저 신기할 따름이었습니다.

베짱이도 열심히 노래 연습을 했습니다. '스타방송국'에서 신인 가수를 뽑는 경연대회를 개최한다는 소식이 전해졌기 때문입니다. 모든 개미들은 베짱이가 경연대회에 나간다는 말에 코웃음을 쳤지만, 베짱이는 전혀 기죽지 않았습니다. 오히려 자신이 반드시 뽑힐 거라는 믿음을 가지고 있었습니다.

어느 날 베짱이가 목이 터지라고 노래 연습을 하고 있을 때였습니다. ⑦번 개미는 자신보다 수십 배나 큰 먹이를 운반하고 있었지요.

⑦번 개미는 예전보다 더 말라있었습니다. 쉬지 않고 일만 했던 탓에 부상당한 발도 있었고 긁힌 부분도 많았습니다. 허리는 바람만 불어도 날아갈 것처럼 가늘어져 있었습니다.

베짱이는 잠시 노래 연습을 중단하고 ⑦번 개미를 바라보았습니다. ⑦번 개미는 사람들이 먹고 남긴 커다란 핫도그 조각을 운반하느라 안간힘을 쓰고 있었습니다.

'아니, 저러다 다치기라도 하면 어쩌려고 저러나. 쯧쯧.'

⑦번 개미의 온몸은 땀으로 범벅이 되어 있었습니다. 잠시 먹이를 내려놓은 ⑦번 개미는 핫도그 조각을 둘러보았

습니다. 그동안 끌고 오느라 바닥 부분이 좀 닳아있긴 했
지만, 나머지 부분은 그대로였습니다.

⑦번 개미는 집채만 한 핫도그 조각을 보며 흐뭇한 미
소를 지었습니다.

나뭇가지에 앉아 베짱이는 그런 ⑦번 개미를 보며 말
했습니다.

"이봐, 그걸 혼자서 옮기려고? 차라리 친구라도 데려와
서 함께 하지그래?"

그러나 ⑦번 개미는 들은 체도 하지 않았습니다. 그는
손에다 침을 바르면서 말했습니다.

"모르는 소리 하지 말라고. 세상에는 공짜란 없는 법
이야. 누군가와 함께 나르면 핫도그를 반이나 뚝 떼어줘
야 한다고."

그러고는 ⑦번 개미는 작은 목소리로 짧게 덧붙였습
니다.

"그렇게는 못하지. 내가 어떻게 얻은 행운인데…."

베짱이는 욕심 많은 ⑦번 개미가 불쌍하게 여겨졌습니다. 이런 지나친 욕심 때문에 이 무더운 여름에도 조금도 쉬지 못하고 몸을 혹사하고 있었기 때문이었습니다.

베짱이는 안타깝기만 했습니다. 하지만 자신의 말을 무시하는 ⑦번 개미에게 더 얘기할 수도 없었습니다. 그래서 다시 노래 연습을 하기 위해 기타를 집어 들었습니다. 그때였습니다. ⑦번 개미가 있는 쪽에서 짧은 비명이 들려왔습니다.

"아악!"

"아야!"

베짱이는 급히 ⑦번 개미의 비명이 나는 쪽을 바라보았습니다. 그러자 ⑦번 개미가 거대한 핫도그에 깔려 옴짝달싹하지 못하고 있는 것이 아니겠습니까?

⑦번 개미 주위에는 아무도 없었습니다. ⑦번 개미의 얼굴은 심한 고통으로 일그러져 가고 있었습니다. 깡마른 얼

굴이 볼품없게 느껴졌습니다.

베짱이는 급히 ⑦번 개미가 있는 쪽으로 내려왔습니다.
베짱이가 물었습니다.

"이봐, 괜찮은가?"

⑦번 개미는 고통스러운 목소리로 대답했습니다.

"자네 눈엔 지금 내가 괜찮게 보이는가? 얼른 나 좀 구
해주게! 얼른!"

"으라차차~ 얼른 나오게~ 얼른~!"

베짱이는 있는 힘을 다해 ⑦번 개미를 짓누르고 있는
핫도그 조각을 간신히 들어 올렸습니다. 그러자 ⑦번 개
미는 있는 힘을 다해 핫도그 밑에서 기어나 왔습니다.

"헉헉…."

얼마나 고통스러웠는지 ⑦번 개미는 계속 숨을 헐떡거
리고 있었고, 허리가 퉁퉁 부어 있었습니다. ⑦번 개미는 허
리를 다치고 몸이 아픈 상황에서도 핫도그를 집으로 옮
길 걱정만 했습니다.

"이봐, 베짱이. 나 이 핫도그를 꼭 좀 가져가야겠어. 좀 도와줄 수 있겠나?"

"지금 이까짓 핫도그가 문젠가? 자네 허리가 부러질 뻔했다고."

⑦번 개미는 고통에 찬 표정으로 베짱이에게 부탁했습니다.

"아, 자네가 이 핫도그를 갖다 주면 반을 자네에게 주겠네. 정말일세."

⑦번 개미의 말에 베짱이는 이해가 되지 않았습니다.

"핫도그 때문에 이 지경이 됐는데도 자네는 저 핫도그를 가져가고 싶은가? 쯧쯧."

베짱이는 ⑦번 개미가 안쓰러울 따름이었습니다. 우선 ⑦번 개미를 집까지 부축해주었습니다. ⑦번 개미의 집을 나서면서도 베짱이의 마음은 편치 않았습니다. 아니 그보다 더 마음이 아팠습니다. 베짱이의 마음은 죄책감에 휩싸였습니다.

'⑦번 개미가 혼자서 핫도그 조각을 운반할 때 차라리 조금 빨리 내가 도와주었더라면 이런 일은 일어나지도 않았을 텐데…. 어찌 되었건 ⑦번 개미가 빨리 회복했으면 좋겠군.'

베짱이는 마음속으로 ⑦번 개미가 얼른 낫기를 간절히 바랐습니다. 그리고는 ⑦번 개미에게 말했습니다.

"⑦번 개미, 아직도 모르겠는가? 그까짓 핫도그 때문에 자네가 오늘 이렇게 다친 게 억울하지도 않나? 미래를 대비하는 마음은 훌륭하지만 지나친 걱정은 오히려 화를 부를 수도 있어. 그러니 제발 지금부터는 좀 덜 걱정하고 덜 욕심냈으면 하네."

그러자 ⑦번 개미는 베짱이를 노려보면서 말했습니다.

"얼른 가버려! 내 앞에서 꺼지라고!"

욕심은 자신도 모르게
병들게 한다

시간이 지날수록 ⑦번 개미의 허리 통증은 더욱 심해
져 갔습니다. 아내 개미가 정성껏 찜질을 해주었지만,
차도는 별로 없었습니다. 통증을 견디다 못한 ⑦번 개미
는 병원을 찾아갔습니다.

병원은 다리를 다쳤거나 허리에 문제가 있는 환자 개미
들로 이미 만원을 이루고 있었습니다. 여름철은 개미들에
게 가장 바쁜 계절이었기 때문에 그만큼 환자들도 많았던
것입니다. 그러나 ⑦번 개미처럼 허리를 다친 환자는 찾아

볼 수 없었습니다. 개미의 허리는 몸에 비해 가늘긴 하지만 신체 중에서 집게만큼이나 강한 부위였기 때문입니다. 그리고 아무리 개미들이 열심히 일한다고 해도 허리를 다칠 만큼 욕심내어 혼자 무리하게 먹이를 옮기지는 않았습니다. 그래서 개미들 사이에서는 허리를 다친다는 것이 창피스런 일 중의 하나로 여겨졌습니다.

⑦번 개미가 혹 아는 개미와 마주치기라도 할까 봐 걱정스러운 표정으로 주위를 두리번거렸습니다. 그때 간호사 개미가 부르는 소리가 들렸습니다.

"⑦번 개미 님, 들어오세요~."

⑦번 개미는 창피한 나머지 고개를 푹 숙인 채 진찰실로 들어갔습니다.

젊은 의사 개미가 물었습니다.

"어디가 가장 불편하세요?"

"저… 며칠 전에 핫도그 조각을 나르다가 허리를 삐끗했는데 숨도 제대로 못 쉴 만큼 아파서요."

의사 개미는 ⑦번 개미의 허리를 자세히 진찰했습니다. 의사 개미가 ⑦번 개미의 옆구리를 손가락으로 살짝 눌렀습니다. 그 순간 ⑦번 개미는 엄청난 통증 때문에 자신도 모르게 비명을 질렀습니다.

"우욱! 아야, 아야."

진찰을 마친 의사 개미가 말했습니다.

"너무 무거운 것을 들다가 허리를 삐셨군요."

잠시 말을 끊은 의사 개미는 이어서 말했습니다.

"허리디스크입니다."

"네? 허리디스크라고요?"

⑦번 개미의 얼굴은 한순간 일그러졌습니다.

"네. 허리디스크입니다. 오늘부터 어느 정도 완치되실 때까지는 절대로 무거운 것을 들어서는 안 됩니다. 그리고 뜨거운 찜질을 하면 도움이 좀 되실 겁니다. 하지만 상태가 계속 좋지 않으면 수술을 해야겠지요. 그러니 제 말을 잘 따르셔야 합니다."

의사 개미는 옆에 서 있는 간호사 개미를 보며 말했습니다.

"⑦번 개미 씨에게는 허리 강화 주사를 놔주시고 물리치료 해드리세요."

주사실로 향하는 ⑦번 개미는 눈앞이 캄캄했습니다.

⑦번 개미는 주사를 맞을 때도 물리치료실에서 치료를 받을 때도 내내 식량을 모으지 못할 걱정에 휩싸여 있었습니다.

'곧 가을이 될 텐데… 어떡하지? 식량을 더 모아야 안심할 수 있을 텐데….'

* * *

한편 베짱이는 쉬지 않고 열심히 노래 연습을 했습니다. 스타방송국에서 주최하는 신인 가수 경연대회 날까지 보름도 채 남지 않았기 때문입니다. 그러면서도 간간이 며칠 째 보이지 않는 ⑦번 개미가 걱정되었습니다. 그렇다고 평소 자신을 무시하고 함부로 대하는 ⑦번 개미의 집으로 찾아갈 용기는 나지 않았습니다.

'⑦번 개미의 허리는 이제 좀 괜찮아졌을까?'

'부디 괜찮아야 할 텐데….'

'그때 내가 바로 도와주기만 했어도 ⑦번 개미가 그렇게 크게 다치지는 않았을 텐데.'

이런 생각이 들자 베짱이는 왠지 모르게 기운이 빠졌습니다.

다른 개미들은 저마다 바쁘게 식량을 운반하고 있었습니다. 단지 ⑦번 개미만 보이지 않을 뿐 하나도 달라진 게 없는 모습이었습니다.

마침 ②번 개미와 ③번 개미가 과자부스러기를 나르고 있었습니다. 그들의 얼굴에서는 땀방울이 빗줄기처럼 쏟아지고 있었지요. 베짱이는 나뭇잎 위에 놓아둔 물통을 줄까 망설이다가 그냥 두기로 했습니다. 괜히 물통을 건

네주었다가 어떤 싫은 소리를 들을지 알 수 없었기 때문입니다.

베짱이는 혼란스러운 마음을 가다듬었습니다. 그러고는 다시 노래 연습에 전념하려고 기타를 집어 들었습니다. 그때 ③번 개미가 동료 개미들에게 말하는 소리가 귓가에 들려왔습니다.

"자네, 소식 들었어?"

"무슨 소식 말인가?"

③번 개미는 조용한 어조로 말했습니다.

"⑦번 개미가 글쎄 혼자서 집채만 한 핫도그를 나르다가 허리를 다쳤다지 뭐야."

③번 개미의 말에 동료 개미들은 눈이 휘둥그레졌습니다.

"정말? 어쩌다가 그런 봉변을 당했을까? 우리 개미들한테는 허리가 가장 중요한데 말이야."

③번 개미는 중요한 비밀을 발설하듯 주위를 한번 둘

러보고 나서 말했습니다.

"병원에 갔더니 글쎄 의사가 하는 말이 허리디스크래. 크크크."

"에구, 허리디스크라니, 개미 망신 다 시키는 군 그래."

"으하하. 크크크."

한 동료 개미는 고소하다는 듯이 대꾸했습니다.

"뻔하지 뭐. 혼자 그 큰 핫도그를 독차지하려다 그랬을 테지. 다른 개미들과 좀 나누었으면 어디 그런 참변을 당했을까? 아무튼, ⑦번 개미는 욕심이 많아서 오래 살지 못할거야."

황급히 베짱이가 ③번 개미에게 물었습니다.

"이보게, ⑦번 개미가 허리디스크에 걸렸다는 게 정말인가?"

베짱이의 물음에 ③번 개미는 하얗게 질리고 말았습니다. 나뭇가지 위에 앉아 있던 베짱이가 듣고 있을 줄은 생각지도 못했기 때문이었습니다.

베짱이가 다시 물었습니다.

"⑦번 개미가 허리디스크에 걸렸다는 말이 정말인가? 얼른 말해보게."

③번 개미는 더듬거리면서 대답했습니다.

"내 … 내가 언제 허리디스크에 걸렸다고 했는가. 그냥 허리를 다쳤다고 그랬지."

말을 더듬거리던 ③번 개미는 쏜살같이 어디론가 사라졌습니다. 잠시 후 다른 동료 개미들도 하던 일을 계속하기 위해 몸을 일으켰습니다.

'그래서 ⑦번 개미가 요즘 통 보이질 않았구나. 수술이라도 하게 되면 고생일텐데….'

베짱이는 ⑦번 개미가 허리디스크에 걸렸다는 소식에 너무나 마음이 아팠습니다.

그리고 그 당시 일이 다시 떠올랐습니다. 혼자 집채만한 핫도그 덩어리를 들고가려고 낑낑거리던 ⑦번 개미의 모습이 아른거렸습니다.

'그렇게 그 큰 핫도그가 욕심이 났을까? 쯧쯧, 결국 이런 꼴을 당하려고. 왜 당시에는 그게 욕심이라는 사실을 애써 외면했을까?'

베짱이는 안타까운 마음도 있었지만 아무리 이해하려고 해도 ⑦번 개미의 행동이 잘 이해되지 않았습니다.

여름밤에 불을 보고 날아드는 날벌레는 누구의 눈에나 어리석어 보인다.
잘난 척하고 덤벙거리는 사람은 불 속에 뛰어드는 벌레의 운명을 따르기 쉽다.
지혜로운 사람은 뜻은 높이 지니되 행복은 한 발짝 물러서는 법이다.
―채근담

몸을 다친 ⑦번 개미
마음을 다친 베짱이

'결국, 내가 바로 도와주지 못해서 ⑦번 개미가 허리 디스크에 걸린 거야. 이를 어쩐담.'

'내가 ⑦번 개미를 위해 해줄 수 있는 일은 뭐가 있을까?'

베짱이는 ⑦번 개미를 위해 해줄 수 있는 일을 생각해 보았습니다. 하지만 아무리 생각해도 특별한 것이 떠오르지 않았습니다.

베짱이는 악보를 들여다보다가 갑자기 기타를 탁 치

며 말했습니다.

"그래, 그거야. ⑦번 개미가 빨리 힘을 내라는 의미로 노래를 만들어서 불러주는 거야. 난 가수니까. 내가 잘할 수 있는 것은 노래니까."

베짱이는 곧장 연필을 들고 나뭇잎에 앉아 작곡하기 시작했습니다. 어디선가 시원한 바람 한 줄기가 불어왔고 행복한 기분이 들었습니다. 뭔가 좋은 일을 한다고 생각해서인지 생각보다 빨리 곡이 완성되었습니다. 그리고 곡에 맞춰 노랫말도 지었습니다. 하지만 노랫말을 쓰는 것은 여간 힘들지 않았습니다.
'이 노랫말은 좀 유치한 것 같아.'
'⑦번 개미에게 어울리는 좋은 노랫말이 없을까?'

고민에 고민을 거듭한 끝에 베짱이는 ⑦번 개미를 위한

노래를 완성할 수 있었습니다. 베짱이는 목청을 가다듬고 노래를 불러보았습니다.

"아파도 울지 마요. 당신은 이겨낼 수 있어요~."
"룰루랄라~ 지금 아픔을 극복하면 더 강해질 수 있을 거예요~. 힘을 내요. ⑦번 개미~."

베짱이는 자신이 만든 노래가 ⑦번 개미에게 너무나 좋은 응원가라는 생각이 들었습니다. 무엇보다도 ⑦번 개미가 들으면 기뻐할 것 같았습니다. 기타를 멘 베짱이는 ⑦번 개미의 집으로 향했습니다.

⑦번 개미의 집은 조용한 정적이 흘렀습니다. 가끔 끙끙 앓는 소리를 내는 ⑦번 개미의 목소리가 들려올 따름이었습니다. ⑦번 개미의 앓는 소리를 듣자 베짱이는 잠시 머뭇거려졌습니다.

'지금 내가 하려는 이 행동이 과연 잘하는 것일까?'

'괜히 노래했다가 ⑦번 개미한테 욕먹는 건 아닐까?'

'아냐, ⑦번 개미를 위해 일부러 만들었잖아. 좋아할 거야.'

베짱이는 마음을 다잡았습니다. 그리고 용기를 내어서 ⑦번 개미가 빨리 회복되기 바라는 마음을 담아 있는 힘껏 노래 부르기 시작했습니다.

"아파도 울지 마요. 당신은 이겨낼 수 있어요~."

"지금의 아픔을 극복하면 더 강해질 수 있어요~."

"당신을 아프게 한 핫도그는 그만 잊어버려요~."

베짱이가 노래를 끝냈을 때 갑자기 문이 확 열리더니 ⑦번 개미가 절뚝거리며 걸어 나왔습니다. 그리고는 짜증 섞인 목소리로 소리쳤습니다.

"자네, 지금 여기서 뭐 하는 거야!"

⑦번 개미는 성이 차지 않는 듯이 이어서 말했습니다.

"불난 집에 부채질하는 거야, 지금? 나 약 올리려고 일부러 온 건가? 자네 목소리를 들으니 허리가 더 아파! 썩 꺼져버려! 자네 꼴도 보기 싫어!"

노래를 듣고 기뻐할 거라는 기대와는 달리 갑작스러운 ⑦번 개미의 짜증어린 말에 베짱이는 당황할 수밖에 없었습니다.

베짱이는 더듬거리며 말했습니다.

"그게 아니라… 자네가 얼른 낫기를 바라는 마음으로 일부러 지은 노래인걸…."

하지만 ⑦번 개미는 아랑곳하지 않았습니다.

"그것도 노래라고 부르는 거야? 어휴 지나가는 진드기가 다 웃겠다. 게다가 뭐 나를 위해 노래를 만들었다고? 자네가? 뭣 하려고? 내 식량이라도 좀 얻어가려고?"

화가 난 목소리로 핏대를 세우는 ⑦번 개미의 성화에 베짱이는 상기된 얼굴로 멍하니 서 있을 수밖에 없었습니다.

"…."

⑦번 개미의 비아냥거림을 들은 지나가는 개미들도 웃음을 터뜨리며 저마다 한마디씩 했습니다.

"하하하."

"쿠쿠."

"베짱이, 웃긴다. 왜 쓸데없는 일을 해서는 저런 꼴을 당하는지."

베짱이는 너무나 당황스럽고 창피했습니다. 그리고 평소 자신을 모욕하고 무시한 ⑦번 개미를 위해 노래까지 지은 자신이 한심스럽게 느껴졌습니다. 베짱이는 서둘러 기타를 메고는 그 자리를 떠났습니다.

서운하고 서러운 마음에 베짱이의 눈에서는 눈물이 뚝 떨어졌습니다. 하지만 집으로 돌아오는 길에 베짱이는 ⑦번 개미와의 일은 더는 생각하지 않기로 마음먹었습니다.

'참 서운하네. 다 내 마음 같지 않아. 하지만 어쩔 수 없

지. 그냥 나의 진심을 전한 것으로 만족할 수밖에. 그래도
마음은 한결 가벼워졌잖아. 이제 이번 일은 잊어버리자.'

그 일에 매달려보았자 자신만 속상할 따름이었습니다.
그 대신, 며칠 앞으로 다가온 스타 방송국의 신인 가수 경
연대회만을 생각하기로 마음먹었습니다. 그러자 다시 마
음이 행복해졌습니다.

'내겐 꿈이 있잖아. 이런 일로 슬퍼하고만 있을 때가 아
니지.'

베짱이를 격려하듯 밤하늘의 별이 유난히 반짝거렸습
니다. 베짱이는 별을 바라보다가 달콤한 꿈속으로 빠져
들었습니다.

가시에 찔리지 않고 어떻게 장미꽃을 모을 수가 있겠는가?
— 필페이(미국음악가)

베짱이의 첫 도전,
신인 가수 경연대회에 참가하다

베짱이는 뜬 눈으로 아침을 맞았습니다. 오늘이 바로 손꼽아 기다리던 '스타 방송국 신인 가수 경연대회'가 열리는 날이기 때문입니다. 보통 때보다 일찍 일어난 베짱이는 샤워도 하고 몸단장을 했습니다. 머리에 기름을 바르고 가장 화려한 옷으로 차려입었습니다. 그리고는 거울에 이리저리 비춰보았습니다.

"으음, 이 정도면 어디 내놔도 빠지지 않을 거야."

"오늘은 꼭 나를 위한 날 같아. 반드시 경연대회에서 합격할 테니까."

베짱이는 거울에 비친 자신의 모습에 도취하여 마냥 행복했습니다. 개미들에게 무시당하면서 지내온 세월이 주마등처럼 스쳐 지나갔습니다. 빨리 합격해서 예전의 기억에서 벗어나고 싶었습니다. 그동안 정말 열심히 연습했기 때문에 자신도 있었습니다.

베짱이는 떨리는 마음을 진정시키면서 방송국으로 향했습니다. 가는 길에 꽤 큰 피자 조각을 운반하고 있는 ②번 개미와 ③번 개미를 만났습니다. 화려한 의상을 입고 걸어가는 베짱이를 보며 개미들은 의아하게 생각했습니다. 그러다 ②번 개미가 물었습니다.

"이봐, 베짱이. 오늘은 노래 안 하고 어디 가는가?"

③번 개미도 한마디 했습니다.

"이제 포기했나 보지. 내가 뭐랬어? 가수는 아무나 하는 게 아니라고 했잖아."

"아무튼, 이제라도 정신 차렸으니 다행일세. 하하하."

개미들을 보며 베짱이는 빙그레 웃어 보였습니다. 그리고 환한 표정으로 말했습니다.

"내 사전에 포기란 없다네. 난 인기 가수라는 꿈을 꼭 이루고 말 테니 두고 보게나."

"그런데 지금은 어디를 그렇게 바쁘게 가는 건가?"

②번 개미가 물었습니다.

"오늘이 바로 스타방송국에서 개최하는 신인 가수 경연 대회가 열리는 날일세. 거기 참가하기로 했다네." 그러자 ②번 개미가 비웃기 시작했습니다.

"으하하. 신인 가수 경연대회에 나간다고? 지나가는 진드기가 다 웃겠군그래."

"자넨 정말 구제불능이야."

하지만 오늘만큼은 베짱이도 질 수 없었습니다.

"내가 보기에 꿈도 없이 죽도록 일만 하는 자네들이 더 불쌍해. 바로 코앞만 바라보지 말고 한 번뿐인 삶인데 좀 큰 꿈을 가져보는 건 어떤가? 정말 자기가 하고 싶은 걸 해보는 것이지."

하지만 개미들은 들은 척도 하지 않았습니다.

"언제까지 꿈 타령만 할 건가? 현실을 직시해야 해! 그게 현명한거야."

베짱이는 시계를 보며 짧게 답했습니다.

"이런, 시간이 얼마 남지 않았군. 나 먼저 가겠네. 그럼 수고들 하세."

바쁘게 걸어가는 베짱이를 보며 개미들이 큰 소리로 말했습니다.

"쯧쯧, 주제 파악 좀 잘하라고!"

"방송국에서 우스운 꼴이나 당하지 말게나."

* * *

경연장은 취재진으로 북적거렸습니다. 워낙 낙천적인 성격이어서 웬만한 일로는 떨지 않던 베짱이였지만 방송국 안에서 분주하게 움직이고 있는 수많은 취재진과 카메라를 보자 가슴이 두근두근 거렸습니다.

'내가 긴장한 걸까?'

'떨면 안 되는데.'

'자, 천천히 심호흡을 해보자. 실수 없이 잘할 수 있을 거야.'

베짱이는 숨을 크게 들이쉬며 긴장을 풀려고 애썼습니다. 베짱이가 크게 심호흡을 하고 있을 때 신인 가수 경연대회의 시작을 알리는 사회자의 목소리가 들려왔습니다.

"안녕하세요? 그동안 애타게 기다리셨던 '제1회 스타 방송국 신인 가수 경연대회'를 시작하겠습니다. 간밤에 좋은 꿈은 꾸셨나요? 오늘은 대상, 금상, 은상, 동상을 선발하도록 하겠습니다. 물론 수상한 네 분은 스타 방송 국에서 가수로 활동할 수 있는 특전이 주어집니다. 상금 도 드리게 됩니다. 지금 많은 분들이 생방송으로 지켜보 고 계실 것입니다. 최선을 다해서 좋은 결과 얻으시길 바 랍니다."

사회자는 잠시 뜸을 들인 후 큰 소리로 말했습니다.

"그럼 지금부터 제1회 스타 방송국 신인 가수 경연대회 를 시작하겠습니다."

사회자의 개최 선언과 함께 웅장한 음악이 홀 안을 가 득 채웠습니다. 베짱이의 가슴은 아까보다 더 쿵쿵거렸 습니다.

'아, 어쩌지, 왜 이렇게 떨리는 거야?'

다시 천천히 숨을 들이쉬었다가 뱉었다, 심호흡하고 있을 때 자신을 부르는 사회자의 목소리가 들려왔습니다.

"다음 노래하실 분은 '베짱이 씨'입니다. 이 분은 하루도 쉬지 않고 노래 연습을 하고 있다고 합니다. 꿈이 인기 가수라고 말하는 베짱이 씨를 큰 박수로 맞아주세요."

사회자의 말에 따라 방청객들은 환호와 박수를 보냈습니다. 그러나 베짱이는 다리가 후들거려서 자리에서 일어날 수조차 없었습니다.

사회자는 약간 짜증 섞인 어조로 말했습니다.

"베짱이 씨, 얼른 무대로 나와 주세요."

베짱이는 후들거리는 발걸음으로 간신히 무대로 나갔습니다. 시간을 지체한 베짱이를 사회자는 곱지 않은 시선으로 쳐다보며 마이크를 넘겨주었습니다. 그러자 베짱이는 더욱 주눅이 들어 얼굴이 빨갛게 달아오르고 말았습니다.

곧바로 반주 음악이 흘러나왔습니다. 너무 긴장한 탓에 베짱이는 박자를 놓치고 말았습니다.

"오, 여름이 왔네~ 꿈의 계절 여름~."
"모두 우리 신 나게 춤을 춰요~ 오, 오, 모든 걸 잊고~."

긴장한 나머지 베짱이는 가사를 잘못 부르는 실수를 하고야 말았습니다. 방청객들은 그런 베짱이를 보며 배꼽이 빠지라 웃어댔습니다. 베짱이는 진드기 구멍이라도 있으면 숨고 싶은 심정이었습니다. 사회자가 비웃듯이 말했습니다.

"너무 긴장한 탓일까요? 가사 중에 '여름은 꿈의 계절'인데 '꿈의 계절 여름'으로 바꿔 부르셨군요. 또 '우리 모두'인데 '모두 우리'로 멋지게 바꾸셨네요. 하하하. 베짱이라는 이름만큼이나 배짱이 있으시네요. 하지만 이번 경연대회에서는 배짱보다는 정확함이 더 중요하답니다. 다음 참가번호는….”

너무나 창피한 나머지 베짱이는 아무 소리도 들리지 않았습니다. 황급히 무대를 빠져나온 베짱이는 화장실로 달려가 찬물로 세수했습니다.
'지금 이 순간이 현실이 아니라 꿈이었으면 얼마나 좋을까?'
'내가 얼마나 이 순간을 기다려왔는데….'

그렇게 베짱이는 신인가수 경연대회에서 떨어지고 말았습니다. 베짱이가 경연대회에서 떨어졌다는 소문은 삽시간에 퍼졌습니다.
“베짱이 말이야. 정말 웃겼어. 뭐야 허구한 날 연습하고선 그게 뭐야.”

"내 그럴 줄 알았어. 가수 한다고 할 때부터 알아봤다고."

"가수는 뭐 아무나 하는 줄 아나 봐?" 텔레비전을 통해 베짱이를 지켜보았던 개미들은 기다렸다는 듯이 비웃었습니다.

그후로 며칠 동안 베짱이는 집 밖으로 나가지 않았습니다. 그리고 자신의 대한 실망감과 안타까움에 괴로워했습니다. 하지만 며칠 동안 힘들어하던 베짱이는 다시 기운을 내기로 결심했습니다.

사람들은 결과만 본다. 그들은 내 인생의 관객이기 때문이다.
나 자신은 내 삶의 주연이 되어야 한다.
―〈삽질 정신〉 중

아픔을 이겨내고
꿈을 향해 나가는 베짱이

아침저녁으로 선선해지고 찬바람이 불기 시작했습니다. 구름 한 점 없는 하늘은 더 높아만 갔습니다. 어느덧 여름이 지나가고 가을이 온 것입니다. 개미들은 여름보다 더 바쁘게 하루를 보냈습니다.

여름 내내 식량을 모으는 일에만 전념했지만, 이제는 겨울이 코앞에 다가온 만큼 월동준비에 여념이 없었습니다. 아빠 개미가 식량을 모으러 나간 사이 엄마 개미를 비롯한 다른 가족들은 집안 곳곳을 둘러보며 겨울바람이 새어 들어오지 못하게 꼼꼼하게 막기에 분주했지요.

⑦번 개미는 여전히 다친 허리 때문에 고생하고 있었습니다. 의사 개미는 집에서 푹 쉬어야 빨리 회복된다고 완강하게 말했지만 ⑦번 개미는 그 말을 무시하고 다시 무리하게 움직였던 것입니다. 그러다 보니 ⑦번 개미의 허리 통증은 시간이 지날수록 점점 더 심해졌고 회복의 기미가 잘 보이지 않았습니다.

베짱이는 신인가수 경연대회 탈락 이후로 며칠 동안 좌절감에 빠져있었습니다. 경연대회에서 가사를 바꿔 불렀던 실수는 베짱이에게 너무나 큰 상처가 되었기 때문이었습니다. 하지만 베짱이는 가수가 되는 꿈을 포기하고 싶지는 않았습니다.

"'실패 없는 성공은 가치가 없다'라는 말도 있잖아. 난 다시 신인 가수 경연대회에 도전할 거야."

베짱이는 다시 도전해보기로 마음먹었습니다. 베짱이는 따가운 가을 햇살을 온몸으로 받으며 노래 연습을 열심히 하였습니다. 가을이 되자 아침과 저녁에는 쌀쌀해서 노래 연습을 할 수 없었습니다. 그래서 오후 시간 동안 더 열심히 노래 연습을 해야 했습니다.

그동안 노래 연습에만 열중한 나머지 식량을 많이 모으지 못한 베짱이는 하루하루 잘 먹지 못하는 날이 늘어갔습니다. 몸은 점점 기운이 없어졌고 기침도 나왔습니다. 한번 터진 기침은 좀처럼 멈추지 않아 노래 연습에 지장을 주기도 했습니다. 배불리 먹지 못하고 몸 상태가 좋았던 것은 아니지만, 자신이 좋아하는 노래를 부를 수 있다는 것을 위안 삼았습니다.

그동안 개미들은 베짱이가 신인 가수 경연대회에 떨어

진 뒤 보이지 않자 다른 곳으로 떠나버렸다고 생각했습니다. 그러나 또다시 베짱이의 노래를 듣자 예전보다 더 심한 말로 비아냥거렸습니다.

"아니 베짱이 노랫소리잖아, 아직도 정신을 못차렸군그래."

"아이고, 또 노래하네, 나라면 창피해서 다시는 노래 같은거 못할 것 같은데 말이야, 얼굴도 두껍군그래."

개미들의 비아냥거림을 들을 때마다 베짱이는 마음이 아팠습니다. 자신이 초라해지는 것 같아 우울해지곤 했습니다. 그래서 베짱이는 좀 더 높은 나뭇가지로 옮겨가 노래를 불렀습니다. 하지만 그들의 비아냥거림은 계속 들려왔습니다. 그들의 목소리가 귓속을 파고들 때마다 두 눈을 찔끔 감으며 노래에 집중하려고 노력했습니다.

'내가 여기서 멈추면 난 평생 개미들의 놀림거리만 될
거야. 난 그럴 수 없어. 한번 실수를 하긴 했지만 기회는
또 올 거야. 나는 꼭 인기 가수가 될거야. 두고 보라고.'
베짱이는 이를 악물었습니다.

세상은 고통으로 가득하지만 한편 그것을 이겨 내는 일로도 가득 차 있다.
—헬렌 켈러

아직 모든 게 끝난 건 아니야

겨울이 되었고 첫눈이 내렸습니다. 나무들은 하얀 옷을 입은 것 마냥 눈에 덮여 있었습니다. 세찬 바람이 불 때마다 나뭇가지에 쌓여 있던 눈들은 툭툭 땅 아래로 쏟아져 내렸습니다.

눈으로 뒤덮인 땅 위에는 아무도 없었습니다. 가을까지만 해도 분주하게 돌아다니던 개미들의 모습은 어디에서도 볼 수 없었던 것입니다.

베짱이는 너무나 외로웠습니다. 평소 개미들과 친하게

지내진 못했지만 그들의 모습을 보는 것만으로도 외로움을 달랠 수 있었기 때문입니다.

겨울바람이 어찌나 차갑고 매서운지 마치 몸에 불어 닥칠 때마다 칼로 몸을 휙 긋는 것 같았습니다. 베짱이는 집에 그나마 조금 남아 있던 식량도 바닥이 났습니다. 나뭇가지에는 눈이 쌓였고 찬바람이 불어대서 더는 노래 연습을 할 수도 없었습니다.

베짱이는 이불을 뒤집어쓴 채 오들오들 떨었습니다. 가을에 걸렸던 감기는 더 심해져 있었습니다. 며칠 동안 잘 먹지 못한 탓에 얼굴은 살이 쏙 빠져 핼쑥해졌습니다. 게다가 베짱이는 추위 때문에 밖에서 자신이 좋아하는 노래를 부를 수 없다는 것이 너무나 마음 아팠습니다.

베짱이는 창밖으로 바깥 풍경을 바라보았습니다. 짙은 회색빛의 풍경은 베짱이의 마음을 더욱 우울하고 슬프게 했습니다. 겨울바람에 흔들리는 나뭇가지를 보며 중얼거렸습니다.

"이렇게 모든 게 끝이란 말인가."

"꼭 가수가 되고 싶었는데…."

베짱이는 방바닥에 털썩 주저앉고 말았습니다. 그러자 그동안 꾹 참고 있었던 슬픈 감정이 복받쳐올라 눈물이 흘러내렸습니다. 베짱이는 두 손으로 눈물을 닦았지만 한번 터진 눈물은 좀처럼 멈추지 않았습니다.

잠시 후 베짱이가 고개를 들었습니다. 그 순간 벽에 붙여진 유명 가수의 포스터가 눈에 들어왔습니다. 베짱이는 오래전에 그 포스터를 보고서 가수에 대한 꿈을 키워왔던 것입니다. 포스터 속 가수의 환한 미소를 보자 베짱이는 자신도 모르게 마음속에서 다시 용기가 되살아났습니다.

'그래, 아직 모든 게 끝난 건 아니야.'

'포기하지 않는다면 난 꼭 인기 가수가 될 수 있을 거야.'

'아니지, 단순히 포기하지 않는다는 것만으로는 부족

한 것 같아. 더 열심히 노력하는 거야.

그리고 누군가에게 노래를 더 잘 부르는 방법을 배워 보자. 그리고 일단 그러기 위해선 내가 건강해야지, 그럼 노래연습에 몰두할 동안만이라도 먹을 양식을 좀 빌려 볼까?'

이런 생각을 하자 베짱이의 우울했던 기분은 한결 나아 졌습니다. 오히려 하마터면 꿈을 포기할 뻔한 자신의 모습이 너무나 어리석게 여겨졌습니다.

베짱이는 지금의 어려움을 이겨낼 방법을 생각했습니다. 그의 머릿속에 ⑦번 개미가 떠올랐습니다.

"그래, 한번 ⑦번 개미에게 식량을 빌려달라고 부탁해 보자."

"예전에 ⑦번 개미가 핫도그 조각에 눌렸을 때 내가 도와준 적도 있잖아."

"또 빨리 낫기를 바라는 마음에서 노래까지 불러줬었는데…. 식량을 그냥 달라는 것도 아니고 빌려달라는 것인데 … 이 정도 부탁은 들어줄지도 몰라.”

베짱이는 외투를 걸치고 찬바람이 부는 거리로 나섰습니다. 거리로 나서자 집안에 있을 때와는 달리 날씨는 혹독하게 추웠습니다. 옷깃을 꼭꼭 여미면서 ⑦번 개미의 집을 향해 발걸음을 옮겼습니다.

이윽고 베짱이는 ⑦번 개미의 집 앞에 도착했습니다. 베짱이는 창문으로 ⑦번 개미의 집안을 살짝 들여다보았습니다.
실내에는 따뜻한 난로가 피워져 있었고 그 옆에는 텔레비전이 켜져 있었습니다. ⑦번 개미는 다친 허리 때문인지 비스듬히 기대어 있었고 가족들은 무언가를 맛있게 먹고 있었습니다. ⑦번 개미의 가족들을 보자 베짱이는 참을 수 없을 정도로 허기를 느꼈습니다. ⑦번 개미가 다치지만 않았다면 참 행복해 보이는 가족의 모습이었습니다.

⑦번 개미의 가족들을 보자 베짱이는 잠시 망설여졌습니다. 집을 나설 때만 해도 ⑦번 개미에게 먹을 것을 부탁해야겠다고 굳게 마음먹었지만 그런 용기는 다 어디로 갔는지 가슴이 두근거리기 시작했습니다.

'⑦번 개미가 먹을 것을 꿔줄까?'
'꿔주기는커녕 비웃으면 어쩌지?'

이런 생각이 머릿속에서 떠나지 않았습니다. 그 순간 아까 바라보았던 유명 가수의 포스터가 떠올랐습니다. 그러자 다시 용기가 솟았습니다.
'그래, 되든 안 되든 일단 말부터 꺼내보는 거야.'
'다 잘 될 거야.'
베짱이는 목청을 가다듬은 뒤 ⑦번 개미의 집 대문을 두드렸습니다.
"똑똑!"

잠시 후 굵직한 ⑦번 개미의 목소리가 들려왔습니다.

"누구세요?"

베짱이는 더듬거리면서 말했습니다.

"나… 날세."

"나라고 말하면 내가 어찌 아는가?"

"베… 베짱일세."

⑦번 개미는 대문을 열지 않은 채 비웃는 듯한 말투로 물었습니다.

"아니, 이 시간에 열심히 노래 연습은 안 하고 웬일이셔?"

"괜찮다면 문 좀 열어주게. 너무 추워서 말이야."

그러자 ⑦번 개미가 말했습니다.

"허허. 지금 좀 바빠서 말일세. 찾아온 용건이나 빨리 말하게."

베짱이는 말할까 말까, 잠시 망설이다가 입을 열었습니다.

"그게 말일세…. 지금 먹을 게 좀 떨어져서 그런데 자네한테 좀 얻으러 왔다네…. 그냥 달라는 게 아니라 빌려달라는 걸세. 내가 어느 정도 기반을 잡으면 반드시 갚겠네. 노래를 좀 배워볼까 하네. 그래서 그 기간만 좀 노래 훈련에 집중하기 위해 양식이 필요하다네. 제발 부탁하네."

베짱이는 이어서 말했습니다.

"내가 가수가 되면 이 은혜 절대 잊지 않겠네. 절대로!"

그러자 ⑦번 개미는 비아냥거리는 어투로 말했습니다.

"으하하. 자네가 가수가 된다고? 지금 먹을 것이나 얻으러 온 주제에!"

⑦번 개미는 계속 말을 이어갔습니다.

"내가 빈둥빈둥 기타나 치며 노래나 부르는 자네 양식을 대주려고 여름날 허리가 부러지도록 일한 줄 아는가? 자네에게 줄 양식 같은 건 없으니 그만 돌아가게!"

베짱이는 거듭 ⑦번 개미에게 간곡히 부탁했습니다.

"그러지 말고 제발 나를 한 번만 도와주게. 부탁하

겠네."

그러나 ⑦번 개미는 차갑게 거절하고 말았습니다.

베짱이는 어쩔 수 없이 무거운 걸음으로 다시 집으로 돌아와야 했습니다.

집에 돌아온 베짱이는 처음에는 문도 열어주지 않고 냉정하게 부탁을 거절한 ⑦번 개미가 너무나 원망스러웠습니다. 하지만 처지를 바꿔서 생각해보았습니다. 그러자 여름 내내 땡볕에서 힘들게 식량을 모은 ⑦번 개미라면 당연히 그럴 수도 있겠다는 생각도 들었습니다.

'그래 그럴 수도 있겠지. 내가 그동안 너무 꿈만 생각한 것일까? 아니야, 그렇게 미래를 두려워만 하면서 사는 건 싫어. 그렇게 미래가 두렵기만 하다면 삶의 의미를 과연 찾을 수 있을까? 내일 떨어질 식량 때문에 그 두려움으로 하루하루를 살아간다는 거 난 싫어. 오늘보다 훨씬 나은

미래를 꿈꾸고 싶어!"

　베짱이는 마음이 아팠지만 자신의 결심을 바꾸고 싶지는 않았습니다.

어떠한 불행 속에서도 행복은 있는 법이다. 어디에 좋은 것이 있고
어디에 나쁜 것이 있는지를 우리가 모르고 있을 따름이다.
─ 게오르규

꿈의 멘토,
귀뚜라미 선생님을 만나다

⑦번 개미의 집을 다녀온 후로 베짱이는 강하게 마음먹었습니다. 반드시 가수가 되겠다고 다짐했습니다. 이런 베짱이에게 더는 차가운 바람도 노래 연습을 방해할 수 없었습니다. 베짱이는 급한 대로 주린 배를 눈으로 채웠습니다. 추위는 운동과 끊임없는 노래 연습으로 극복했습니다. 그리고 귀뚜라미 선생님에게 노래하는 법에 대해 제대로 배워보기로 했습니다.

귀뚜라미 선생님은 젊은 시절, 스카우트되어 이미 가수

로 활동한 경력이 있었고, 이제 은퇴해서 제자들에게 노래를 가르치고 있었습니다.

'그래, 그동안 내가 너무 자만했던 것일지도 몰라. 내가 잘하고 있는 점과 잘못하는 점을 점검해보자.'
베짱이는 귀뚜라미 선생님에게 찾아가 배움을 요청하기로 했습니다.

* * *

"똑! 똑! 똑!"
베짱이는 칼바람이 몰아치는 날씨에도 불구하고 귀뚜라미 선생님 집을 방문했습니다.

"누구세요?"
나지막한 목소리의 귀뚜라미 선생님은 조용히 문을 열

어 주셨습니다.

"선생님, 저 베짱이입니다. 선생님께 노래를 배워보고 싶어서 왔습니다. 혹시 방송에서 보셨을지도 모르지만, 너무 긴장한 나머지 제 실력 발휘를 다 하지 못했습니다. 그래서 너무 억울합니다. 이대로 꿈을 포기하고 싶진 않아요. 흑흑~."

베짱이는 귀뚜라미 선생님의 얼굴을 본 순간 그동안 쌓여왔던 서러움이 몰려왔습니다. 자신을 비웃던 개미들의 모습도, 그들의 비난 어린 목소리도 귓가에 윙윙거리는 것 같았지요. 눈물이 왈칵 쏟아졌습니다. 그러자 귀뚜라미 선생님은 베짱이를 토닥거리며 말씀하셨습니다.

"그래, 그동안 자네 많이 힘들었지? 내가 잘 알지, 자네가 얼마나 열심히 연습했는지. 그리고 경연대회 때의 자네 모습도 보았네. 아무래도 처음이라 많이 긴장한 것 같더라고. 누구나 처음은 다 낯설고 힘든 법이야. 처음부터 잘하는 사람이 과연 몇 명이나 되겠나. 자네에게 가장 중요한 것은 '지금처럼 힘들어도 가수라는 꿈을 포기하지 않는 것'이지. 그리고 자네가 나를 찾아온 것 참 잘한거야. 재능이 많다고 하더라도 자칫 자만심에 빠져 더 성장할 기회를 놓치기도 하지. 그런데 자네는 이렇게 기특하게도 날 찾아오지 않았는가."

베짱이는 눈물을 닦으면서 이렇게 말했습니다.

"선생님, 감사합니다. 제가 지금은 비록 아무것도 해드릴 수 없지만, 선생님의 이 말씀과 은혜 절대로 잊지 않고 노력하겠습니다. 그리고 가수가 되면 크게 보답하겠습니다."

그러자 귀뚜라미 선생님은 빙그레 웃으며 말씀하셨습니다.

"허허허, 그러게나. 왜 그렇게 개미들이 자네가 노래하는 것을 못마땅해하는 줄 아는가? 그것은 자네가 부럽기 때문일세. 그저 일상에 파묻혀 자신의 꿈은 무엇인지, 어떻게 사는 것이 잘사는 것인지 생각할 틈조차 없는 개미들에게 자네는 부러움의 대상일걸세. 그래서 자신들의 속마음을 들킬까 봐 오히려 자네에게 악담을 퍼부은 것일지도 몰라. 내가 예전에 그러한 상황을 겪어봐서 조금은 안다네. 그러니 그런 험담에 너무 마음 아파하지 말게나."

베짱이는 귀뚜라미 선생님의 말씀에 다시 눈물이 핑 돌았습니다. 그리고 다시 기운을 내야겠다고 결심했습니다.

"자 그럼 연습을 시작해볼까? 다음 경연대회까지 시간이 얼마나 남았지?
"네, 스타 방송국에서 주최하는 제2회 신인 가수 경연대회까지는 6개월 남았습니다."
그러자 귀뚜라미 선생님은 고개를 끄덕이시면서 말씀

하셨습니다.

"그래 그 정도면 충분해. 자네가 떨어진 건 기본 실력이 없거나 노래를 못해서가 아니야. 그런 무대에 서 본 경험이 부족하기 때문이지. 그러니 용기를 잃지 말게나. 그리고 내가 지금부터 도와줄 테니. 걱정하지 말게."

베짱이는 감격스러운 마음에 마음이 벅차올랐습니다. 선생님의 따뜻한 말 한마디에 자신감도 한층 생기는 것 같았습니다.

많이 배웠다고 뽐내는 것은 지식이요,
더는 모른다고 겸손해하는 것은 지혜이다.
— 윌리엄 쿠퍼

두고 봐, 반드시
가수가 되고 말 거야!

베짱이의 생활이 지난여름과 크게 달라진 건 없었습니다. 달라진 거라고는 ⑦번 개미에게 양식을 빌리지 못해 눈으로 배를 채운다는 것과 시원한 나뭇가지가 아닌 추운 방안에서 노래 연습을 한다는 것이었습니다.

물론 귀뚜라미 선생님께 일주일에 한 번 노래지도를 받게 되었다는 것은 달라진 점이었습니다. 베짱이에게는 귀뚜라미 선생님에게 지도받고 격려를 받는다는 사실이 정말 큰 위안이 되었습니다.

베짱이는 기타를 치며 생각에 잠기곤 했습니다.

'비록 지금은 배고프고 춥지만 다 잘 될 거야.'

'가수가 되면 몇 배로 보상받을 수 있을 거야. 힘을 내자고.'

베짱이는 충분히 연습해서 가사를 바꿔 부르는 실수는 다신 하지 않겠다고 결심했습니다. 베짱이는 밤낮없이 노래 연습에 매달렸습니다. 눈이 내릴 때도 간간이 겨울비가 내릴 때도 기타를 치며 노래했습니다.

이런 베짱이를 보며 개미들은 수군거렸습니다. 어떤 개미는 가수가 되지 못한 것에 한이 맺혀 정신이 이상해졌다고까지 말하고 다녔습니다. 베짱이는 이런 소문에도 아랑곳하지 않고 노래 연습에만 전념했습니다.

이런 노력은 헛되지 않았습니다. 베짱이의 노래 실력은 차츰 나아졌습니다. 게다가 귀뚜라미 선생님의 지도 덕분에 조금씩 세련된 무대 매너도 익힐 수 있었습니다.

하지만 개미들은 베짱이의 노래 실력이 점점 좋아지고 있다는 사실을 알아차리지 못했습니다. 늘 개미들은 뒤에서 베짱이의 흉을 보거나 비아냥거리는 데만 관심이 있었기 때문입니다. 그러나 베짱이는 웬만한 고음까지 소화할 정도로 실력이 향상되었습니다. 이젠 밤낮으로 노래 연습을 해도 힘들지 않았습니다. 즐겁기만 했습니다.

'아, 힘들긴 하지만 노래를 할 수 있다는 건 즐거운 일이야, 참 감사한 일이지!'

베짱이는 자신의 처지를 비관하기보다는 언제나 감사하는 마음으로 하루를 시작했습니다.

* * *

몇 달 후 스타 방송국에서 '제2회 신인 가수 경연대회'

를 개최한다는 소식이 전해졌습니다. 베짱이는 그 소식을 접하자마자 너무나 기뻤습니다. 눈물까지 핑 돌았습니다. 그동안의 굶주림과 개미들에게 온갖 멸시를 받아가면서까지 가수의 꿈을 포기하지 않은 것을 정말 다행이라고 생각했습니다.

제2회 신인 가수 경연대회가 열리기까지 두 달가량 남아 있었습니다. 오히려 제1회 대회보다 2회 대회가 베짱이에게는 더 유리했습니다. 그때는 처음으로 참가해서 긴장했던 탓에 실수했지만, 이번에는 기필코 그런 실수는 하지 않을 것이라고 다짐했습니다. 그뿐만 아니라 따뜻한 봄에 참가한다면 충분히 제 노래 실력을 뽐낼 수 있을 것 같은 자신감마저 생겼습니다.

제2회 신인 가수 경연대회가 열린다는 소식을 들은 개미들은 이번에도 베짱이가 참가할지에 관심이 쏠렸습ㅣㅣ

다. 대부분 개미들은 베짱이가 포기할 거라고 예상하고 있었습니다.

"개미가 어딜 또 나가겠어. 그때처럼 창피만 당하고 또 나오려고. 아마 안 나갈 거야."

"그렇지, 나도 그렇게 생각해, 나라면 못 나가. 거기가 어디라고 또 나가겠어."

"그럼 양식이 떨어진 베짱이가 노래 연습은커녕 굶어 죽지나 않았으면 다행이지."

"가수는 뭐 아무나 하는 줄 알아? 실력 좋은 대단한 녀석들이 얼마나 많은데."

많은 개미는 베짱이가 다시는 경연대회에 나가지 않을 것으로 생각했습니다. 하지만 한 개미는 이렇게 말했습니다.

"나는 베짱이가 경연대회에 나갔으면 좋겠는데."

"왜?"

"지난번처럼 배꼽이 빠져라 또 웃어보게. 으하하."

개미들은 저마다 한 마디씩 베짱이 흉을 보았습니다. 개미들이 베짱이를 이토록 미워하는 데는 이유가 있었습니다. 자신들은 꿈도 없이 평생 힘들게 일만 하는데 베짱이는 가수라는 꿈을 위해 노력했기 때문이었습니다. 그래서 그런 베짱이가 잘 안 되길 바란 것일지도 모릅니다.

슬픔이란 누구든지 이겨낼 수 있다. 그러나 이 슬픔을 이겨내지 못하는
사람에게는 늘 슬픔이 따를 것이다.
— 셰익스피어

인기 스타가 된 베짱이 이야기

실패하면
다시 시작하면 되는 거야!

겨울이 지나자 어김없이 봄이 찾아왔습니다. 곳곳에는 예쁜 꽃들이 향기를 풍기며 피어났습니다. 겨울 동안 집안에만 갇혀 있던 개미들은 기지개를 켜고 다시 분주하게 움직이기 시작했습니다.

베짱이도 어서 겨울이 끝나고 봄이 되기를 기다렸습니다. 추위와 굶주림을 견디는 것은 그렇게 힘들지 않았습니다. 하루빨리 신인 가수 경연대회를 통과해 그동안 자신을 비웃은 많은 개미들 앞에 당당하게 나서고 싶었습니다.

베짱이의 이런 기대는 처참하게 무너지고 말았습니다.

그동안 혹독한 추위 속에서 굶주림을 참아가며 연습했던 보람도 없이 또다시 제2회 신인 가수 경연대회에 떨어진 것입니다.

베짱이는 경연대회 당일 노래를 부르다가 그만 재채기를 하고 말았습니다. 이번에는 크게 긴장하지도 않았고 노랫말 실수도 하지 않았습니다. 하지만 전날 좀 춥게 지낸 탓에 몸 상태가 좋지 않았던 것입니다. 그리하여 베짱이는 또 한번 많은 이들로부터 비웃음거리가 되어버렸던 것입니다.

"내가 저럴 줄 알았어. 베짱이 저 녀석 또 실수하네."

"저 녀석, 아직도 정신을 못 차렸나 보네. 하하하 또 떨어졌어. 크크."

"베짱이 노래하는 걸 보니 도저히 못 봐주겠더군."

"자네도 그랬어? 나는 너무나 불쌍해서 그만 채널을 딴 데로 돌려버렸지 뭐야."

"가수보다 차라리 개그맨을 하는 게 더 낫지 않을까?"

"그래도 그 실력으로 가수 하겠다고 하는 걸 보면 배짱 하나는 두둑하군그래."

"으하하."

"푸헤헤."

많은 개미들이 모이기만 하면 베짱이 흉을 보았습니다. 텔레비전을 통해 신인 가수 경연대회를 보고 있던 개미들은 하나같이 크게 웃어댔습니다. 사실 베짱이가 입고 있는 알록달록한 옷 때문에 그냥 보고만 있어도 웃음이 나왔습니다. 그런데다가 노래 중간에 터진 재채기로 실수하게 되자 기다렸다는 듯 웃음보가 터졌습니다.

하지만 한 개미만은 이런 얘기를 했습니다.

"음 근데, 베짱이 노래를 들어보니 지난번보다 낫던걸.

많이 떨지도 않고."

그러자 다른 개미들이 일제히 그 개미를 비난했습니다.

"자네 무슨 소릴 하는 건가. 베짱이가 뭐 어떻다고? 나
아지긴 뭐가 나아져. 전보다도 형편없어."

"그래 무슨 소리야. 베짱이 꼴도 보기 싫어. 이제 다시
는 경연대회 같은 건 안 나가겠지!"

개미들의 이런 비웃음 소리는 베짱이의 집에까지 들려
왔습니다. 그럴 때마다 베짱이는 죽고 싶은 심정이었습니
다. '이렇게 살아서 무엇 하나?' 하는 생각뿐이었습니다.

베짱이는 먼지가 뽀얗게 쌓인 거울을 쳐다보았습니다.
그러자 그동안 얼마나 굶주렸던지 얼굴에는 살이 빠져 몰
골이 말이 아니었습니다. 겨울 동안 제대로 빨지 못한 옷
은 군데군데 얼룩져 있었습니다.

'이렇게까지 하면서 꼭 살아야 할까?'

'구차하게 살아봐야 개미들에게 웃음거리만 될 텐

데….'

그때 베짱이의 귀에 낯익은 목소리가 들려왔습니다.

⑦번 개미의 목소리였습니다.

"지난번 우리 집에 베짱이가 양식을 구하러 왔더라고."

그러자 다른 개미가 대꾸했습니다.

"그래서? 양식을 꿔주었나?"

"마음 한구석에서는 하도 불쌍해서 꿔주고 싶었지. 그런데 지난여름 내내 빈둥거리며 노래나 부르며 놀던 모습이 생각이 떠오르더라고."

"그래서?"

"그래서 냉정하게 거절했어."

"아무튼, 잘했어. 게으른 녀석은 혼 좀 나 봐야 해."

"양심이 있어야지. 나 원 참!"

개미들의 대화를 듣고 있자니 자신도 모르게 두 눈에서 눈물이 흘러내렸습니다. 그동안 낙천적으로 살아온 베짱이였지만 도저히 더 이상은 참을 수가 없었습니다.

"그래, 다들 나 없이도 잘 살겠지. 이곳을 떠나야겠어!"

"어디 간들 여기보다 힘들진 않을 거야. 꼭 보란 듯이 성공할거야!"

베짱이는 어디론가 떠나기로 마음먹었습니다. 이곳에 남아 있다가는 그동안 지켜온 자존심마저 무너져버릴 것 같았기 때문입니다.

옷가지들을 가방에 주섬주섬 챙겨 넣었습니다. 그동안 너무나 가난하게 살아온 탓에 옷은 몇 벌 되지 않았습니다. 간단하게 봄옷과 여름옷만 챙겼습니다.

막상 가방을 메고 집을 나서려고 하자 발걸음이 쉽게 떨어지지 않았습니다. 다시는 돌아오지 못할지도 모른다는 생각에 베짱이는 자신의 방안을 둘러보았습니다. 또다시 눈물이 앞을 가렸습니다.

하지만 귀뚜라미 선생님께 감사의 인사만큼은 하고 싶었습니다. 그래서 선생님 댁으로 발걸음을 돌렸습니다.

* * *

"똑똑!"

"아, 자네 베짱이 아닌가. 어서 들어오게."

귀뚜라미 선생님은 반갑게 베짱이를 맞이해주셨습니다. 베짱이는 죄송한 마음에 고개조차 들 수 없었습니다.

"선생님, 정말 죄송합니다. 이번만큼은 잘하고 싶었는데요. 결과가 좋지 않아서 면목이 없습니다."

고개를 떨군 채 선생님께 죄송하다는 말씀을 드리자 또다시 바닥으로 눈물이 뚝뚝 떨어졌습니다. 그러자 귀뚜라미 선생님은 베짱이의 어깨를 톡톡 다독거리며 이렇게 말씀하셨습니다.

"자네, 왜 결과에만 마음을 쓰는가. 내가 보니 처음 나갔을 때와는 달리 정말 많이 달라졌더군. 가만히 한번 생각해보게. 자네 전혀 떨지도 않았고 박자도 틀리지 않았어. 어떤가? 그렇지 않은가?"

귀뚜라미 선생님의 말씀을 듣자 베짱이도 그렇다는 생각이 들었습니다. 확실히 처음 대회에 참가했을 때보다는 긴장도 되지 않았고 전체적인 심사평도 나쁘지 않았습니다. 단지 떨어졌다는 사실에만 너무 마음을 쓰고 있었다는 생각이 들었습니다.

"네, 생각해보니 그렇네요. 선생님, 하지만 참 마음이 아픕니다. 전 어떻게 해야 할까요?"

그러자 귀뚜라미 선생님은 답변하셨습니다.

"뭘 어떻게 해. 예전보다 더 열심히 연습하고, 또 무대에 오를 수 있도록 실력을 길러야지. 내가 좀 작은 무대이긴 하지만 자네가 설 수 있도록 애써보겠네. 그러니 용기를 잃지 말고 조금만 더 기다려보게나."

"네, 알겠습니다. 선생님, 다시 힘을 내겠습니다. 감사
합니다!"

베짱이는 봄 햇살이 가득 쏟아지는 거리로 나섰습니
다. 봄 햇살에 눈이 부셨습니다. 선생님의 격려에는 베짱
이의 마음에도 한 줄기 봄 햇볕이 따뜻하게 녹아드는 것
같았습니다.

뜨거운 가마 속에서 구워낸 도자기는 결코 빛깔이 바래는 일이 없다.
이와 마찬가지로 고난의 아픔에 단련된 사람의 인격은 영원히 변하지 않는다.
— 쿠노 피셔

진심을 담아 노래한
베짱이의 첫 무대

그 후로 베짱이를 본 개미는 아무도 없었습니다. 베짱이의 모습을 눈앞에서 볼 수 없게 되자 더는 개미들도 베짱이를 흉보거나 비웃지 않았습니다. 비웃을 대상이 없는 상태에서 누군가를 비웃는 것은 그다지 재미가 없었기 때문이었습니다.

어떤 개미들은 간간이 '그동안 베짱이에게 너무 모질게 대했던 것은 아닐까?' 하는 후회를 하기도 했습니다. 그리고 늘 얼굴에 미소지으며 노래를 부르던 베짱이의 모습이 그립기도 했습니다.

베짱이가 떠나고 나자 더는 아무런 노랫소리가 들리지 않았습니다. 그 대신 열심히 먹이를 굴리고 운반하느라 내는 끙끙대는 소리만이 들릴 뿐이었습니다.

베짱이가 떠난 지 보름쯤 흘렀습니다. 그러자 개미들은 그동안 자신들이 무시한 베짱이의 노랫소리가 조금씩 그리워졌습니다. 그리고 그 노랫소리가 얼마나 여유와 휴식이 되어주었는지 깨닫기 시작했던 것입니다.

* * *

한편 베짱이는 새로운 동네에 자리를 잡았습니다. 그곳은 예전의 개미들처럼 자신을 무시하거나 비난하는 이들도 없었습니다. 베짱이는 다시 마음을 가다듬고 노래연습을 시작했습니다.

"아아, 여름이 왔네~ 여름은 꿈의 계절~."

"우리 모두 신 나게 춤을 춰요~ 오, 오, 모든 걸 잊고~."

이 동네는 개미들보다는 꿀벌들이 많이 살고 있었습니다. 꿀벌들도 개미들 못지않게 정말 부지런히 일하고 있었지요. 하지만 꿀벌들은 베짱이의 노랫소리를 싫어하지 않았습니다.

"베짱아, 안녕? 넌 노래를 참 잘하는구나!"

"와, 누가 이렇게 노래를 잘하는가 했더니 베짱이 너였구나."

모두 베짱이에게 칭찬 일색이었습니다. 이렇게 동네 주민들이 자신의 노래를 좋아해 주자 베짱이는 힘이 났습니다.

'아, 이사 오길 잘한 것 같아. 이 동에 주민들은 나의 노래를 좋아해 주는구나!"

베짱이는 신 나서 더 열심히 노래 연습을 했습니다.

그리고 다시 귀뚜라미 선생님의 지도도 받았습니다. 귀뚜라미 선생님은 베짱이에게 많은 용기를 주셨습니다.

"베짱이 군, 나와 처음 만났을 때보다 정말 많이 노래 실력이 나아졌네. 이제 무대 매너도 어느 정도 익혔고, 내가 방송출연을 제안해보려는데. 어떤가? 잘할 수 있겠나?"
귀뚜라미 선생님은 힘주어 말씀하셨습니다.

이 말에 베짱이는 뛸 듯이 기뻤습니다. 하지만 살짝 걱정이 앞섰습니다.

"선생님, 정말 감사합니다. 하지만 전 경연대회에서 이미 두 번이나 떨어졌어요. 이런 제가 과연 방송에서 잘해 낼 수 있을까요?"

그러자 귀뚜라미 선생님은 말씀하셨습니다.

"자네가 아직 모르는 게 있네. 노래는 말이지, 자신의 노래를 듣고 좋아해 주는 사람들을 생각하면서 진심을 담아 부르면 그 마음이 전달된다네. 자네가 비록 경연대회에서는 긴장한 탓에, 또 운이 따라주지 않아 떨어지긴 했지만 그게 뭐 대수인가? 자네는 진심으로 노래를 부르고 또 듣는 이들을 사랑하는 마음으로 부른다면 전혀 문제 될 게 없네. 한번 해보겠나?"

"네, 선생님, 알겠습니다. 감사합니다! 감사합니다!"
베짱이는 뛸듯이 기뻤습니다.

* * *

베짱이는 첫 방송 출연 날까지 정말 열심히 노래 연습을 했습니다. 그리고 드디어 그날이 되었습니다.

"자, 다음은 신인가수 베짱이 씨입니다. 불러주실 곡은 〈여름날의 행복〉입니다. 박수로 청해 듣겠습니다."

비록 지역방송이긴 했지만, 베짱이는 온 힘을 다해 노래를 불렀습니다. 노래를 부르고 나니 지난날의 일들이 주마등처럼 스쳐 지나갔습니다. ⑦번 개미에게 무시를 당하고 구박을 받았던 일, 경연대회에서 떨어진 날의 아픔, 그리고 귀뚜라미 선생님을 만나고 돌아오던 그 첫날의 희망까지…. 베짱이가 노래를 부르고 나자, 방청객들은 일제히 환호했습니다.

"와, 노래 잘한다. 브라보! 앙코르!"
"베짱이라고 했나, 저 가수 노래 좋다. 자기가 작사 작곡 했다나 봐!"
"음 노래에 진심이 느껴져. 뭔가 다시 한 번 듣고 싶어지는걸."

많은 방청객들이 칭찬을 쏟아냈습니다. 물론 이 얘기를 직접 베짱이는 듣지 못했습니다. 첫 무대의 감격에 겨운 베짱이는 노래를 마치자마자 황급히 무대 밖으로 나갔기 때문입니다.

하지만 방청석에 앉아서 베짱이의 첫 공연을 보신 귀뚜라미 선생님은 이런 이야기를 모두 들었습니다. 그리고 빙그레 미소를 지으셨지요.

하루의 생활을 다음과 같이 시작하라. "눈을 떴을 때, 오늘 단 한 사람에게라도 좋으니 그가 기뻐할 만한 무슨 일을 할 수 없을까 생각하라."
— 니체

인기 스타가 된 베짱이 이야기

인기 스타가 되어 돌아온 베짱이

　어느덧 여섯 번의 겨울이 지나고 7년이란 세월이 흘렀습니다. 개미들의 기억에서 베짱이는 까맣게 지워졌습니다. 이젠 누구 하나 예전에 나뭇가지에 앉아 기타를 치고 노래를 부르던 베짱이를 떠올리지 않았습니다. 베짱이가 살던 옛집도 비바람에 낡고 부서져 흔적만이 남아 있을 뿐이었습니다.

　⑦번 개미는 오래전에 다친 허리 때문에 집에 있을 때가

많았습니다. 그 대신 그의 아내 개미가 먹이를 구해왔습니다. 그는 늘 아내 개미에게 구박받으며 지내야 했습니다. 아내 개미는 날씨가 무더운 날이나 힘들게 일하고 온 날에는 더 심하게 ⑦번 개미를 원망했습니다.

"아니, 당신은 허구한 날 집에만 처박혀 있을 거야?"

"그놈의 허리는 언제 낫는 거야? 남들은 바쁘게 창고를 채워 가는데 당신은 뭐야?"

아내 개미는 ⑦번 개미를 구박했고, 아이들도 아빠 개미를 함부로 대했습니다.

"아빠가 매일 집에만 있으니까 우리 친구들이 놀러 안 온다고 하잖아!"

"아빠 병원비 때문에 이번 달에도 학원에 못 가는데 어떻게 할 거야? 아빠가 책임져!"

이럴 때마다 ⑦번 개미는 견딜 수 없는 모멸감에 어디론가 사라지고 싶은 심정뿐이었습니다. 이런 생각이 들자 문득 그동안 잊고 지냈던 베짱이가 떠올랐습니다.

⑦번 개미는 쓸쓸하게 웃으며 중얼거렸습니다.

"내가 무시하고 심한 말을 할 때마다 아마 베짱이의 심정도 이랬겠지."

"그땐 내가 너무 나빴던 거 같아. 사실 베짱이 노래 실력도 그만하면 괜찮았는데."

"다시 만나게 되면 꼭 사과해야지. 내가 잘못했다고…."

* * *

어느 날 ⑦번 개미는 베짱이가 떠난 후로 거의 보지 않았던 텔레비전을 켰습니다. 그러자 시끄러운 음악 소리와 함께 어디선가 낯익은 노랫소리가 들려왔습니다. 그리고 잠시 후 ⑦번 개미는 그 자리에 얼어붙고 말았습니다. 너무나 놀랐기 때문입니다.

"아, 아니 저건 베짱이잖아! 어떻게 이런 일이…."

텔레비전 속 베짱이는 화려하게 차려입고 기타를 치며 노래를 부르고 있었습니다. 그가 노래를 부르며 손을 흔들 때마다 팬들은 환호했습니다. 한눈에 인기 가수라는 것을 알 수 있었습니다. 그리고 텔레비전 화면 아래에는 '천상의 목소리, 베짱이 콘서트'라는 자막이 천천히 지나가고 있었습니다.

"어떻게 이런 일이 있을 수 있을까?"

⑦번 개미는 단 한 번도 베짱이가 유명 가수가 되리라고는 생각하지 않았습니다. 그동안 외롭게 노래만 부르고 굶주림에 허덕이는 베짱이의 모습만 보아왔기 때문이었습니다.

⑦번 개미가 이런 생각을 하고 있을 때 베짱이는 팬들을 향해 짧은 인사말을 했습니다.

"오늘 이렇게 바쁘신 데도 저의 콘서트장을 찾아주셔서 정말 감사드립니다. 제가 이렇게 가수가 될 수 있었던 것은 여러분들의 사랑 덕분이라고 생각합니다. 그 사랑, 언제까지나 잊지 않겠습니다…."

베짱이가 한 마디 한 마디 멘트를 할 때마다 ⑦번 개미는 가슴이 두근거렸습니다. 지금의 베짱이에게서는 예전의 촌스러움과 우스꽝스러운 모습을 찾아볼 수 없었습니다.

화면 속에서 베짱이는 또 다른 노래를 부르고 있었습니다. ⑦번 개미는 가수가 된 베짱이를 보자 반갑기도 했고 한편으론 부럽기도 했습니다. 무엇보다 그토록 베짱이를 멸시했던 자신이 한없이 초라하게 느껴졌습니다.

"베짱이 녀석, 성공했네…."

⑦번 개미는 중얼거리면서 신경질적으로 텔레비전을 꺼 버렸습니다.

⑦번 개미, 후회의 마음으로
베짱이를 찾아가다

다음 날 마을은 발칵 뒤집어졌습니다. 베짱이가 인기 가수가 되었다는 소문이 삽시간에 온 마을에 전해졌기 때문입니다. 텔레비전을 통해 베짱이가 노래 부르는 모습을 본 개미들은 믿었지만 그렇지 않고 소문만 들은 개미 대부분은 고개를 갸웃거렸습니다.

"베짱이가 인기 가수가 되었다는 게 사실이야?"

"그럼. 진짜라니까! 텔레비전에서 베짱이가 노래 부르는 거 보고 기절하는 줄 알았어."

"진드기 구멍에도 해 뜰 날이 있다고 하더니…."

"예전에 베짱이한테 잘 대해줄 걸 그랬어. 후회되네."

"그러게 말이야. 이럴 줄 알았으면 먹을 것도 갖다 주고 노래 부를 때 박수라도 쳐줬을 텐데…."

개미들은 그동안 자신들이 베짱이에게 했던 행동에 대해 후회했습니다. 하지만 지금에 와서 아무리 후회한들 엎질러진 물 같은 상황이었습니다.

베짱이가 노래 부르는 모습을 본 후로 ⑦번 개미는 마음이 복잡했습니다. 그리고 머릿속에는 화려한 무대 의상을 입고 눈부신 조명을 받으며 팬들을 향해 손을 흔들어주던 베짱이의 모습뿐이었습니다.

그러다 문득 7년 전의 겨울날, 양식을 얻으러 온 베짱이의 모습이 떠올랐습니다. 그리고 핫도그 조각에 깔렸을 때 자신을 구해주고 집까지 부축해준 베짱이의 모습도 생각났습니다. ⑦번 개미는 두 손으로 머리를 감싸 안은 채 흐느꼈습니다.

'그때 내가 왜 그랬을까?'

'문도 열어주지 않은 채 베짱이를 내쫓았어. 멍청하게!'

'그때 베짱이는 나를 얼마나 미워하고 원망했을까?'

⑦번 개미는 너무나 괴로운 나머지 집안에서 왔다 갔다 하면서 불안해했습니다. 그러나 혼란스러운 마음은 좀처럼 나아지지 않았습니다.

"베짱이에게 사과만이라도 하자. 내 사과를 베짱이가 받아주지 않더라도…. 그래야 내가 마음 편히 살 수 있을 것 같아."

＊＊

다음 날 ⑦번 개미는 용기를 내어 방송국으로 베짱이를 찾아가기로 했습니다. 먼저 방송국에 문의해 베짱이의 녹화시간을 물어보았습니다. 유명세를 타고 있는 베짱이를 무작정 찾아갔다가 얼굴도 보지 못하고 그냥 되돌아와야 할지도 모르기 때문이었습니다.

⑦번 개미가 방송국에 찾았을 때는 베짱이를 보기 위해 이미 많은 팬들이 몰려와 있었습니다. 그런 팬들의 열화 같은 호응에 ⑦번 개미는 주눅이 들었습니다. ⑦번 개미는 고개를 푹 숙인 채 베짱이가 있는 가수 대기실로 향했습니다.

가수 대기실을 향해 걸어가는 ⑦번 개미의 마음은 몹시 떨려왔습니다.

'나를 모른 체하면 어쩌지?'

'전에 내가 그랬던 것처럼 차갑게 대하면 어떡하지?'

이런 걱정이 앞섰기 때문입니다.

⑦번 개미가 가수 대기실로 들어서자 베짱이는 기타를 치며 막바지 연습을 하고 있었습니다.

⑦번 개미가 기어들어가는 목소리로 말했습니다.

"베, 베짱이… 혹시 나를 기억하겠는가?"

베짱이는 기타 소리에 듣지 못했습니다.

⑦번 개미는 용기를 내 다시 조금 더 큰 목소리로 불렀습니다.

"이봐, 베짱이. 날세. ⑦번 개미…."

그제서야 베짱이는 고개를 들어 ⑦번 개미를 쳐다보았습니다. 베짱이는 자신의 앞에 서 있는 ⑦번 개미를 금방 알아보지 못했습니다. 이 때문에 베짱이의 얼굴에선 어떤 반가움도 찾아볼 수 없었습니다.

⑦번 개미는 당황한 나머지 더듬거리며 말했습니다.

"벌써 7년이 지났으니 나를 기억하지 못할 수도 있지. 예전에 자네가 살았던 마을의 ⑦번 개미라고."

베짱이는 기억을 더듬는 듯 말이 없었습니다.

"…."

⑦번 개미가 천천히 말했습니다.

"언젠가 자네가 핫도그 조각에 깔린 나를 구해주지 않았는가."

⑦번 개미는 다급하게 덧붙였습니다.

"그때 나는 허리디스크에 걸렸고…."

그제야 베짱이는 환한 웃음을 지으며 말했습니다.

"오, 그래, 맞아. ⑦번 개미. 정말 오랜만이야. 잘 지냈어?"

이번에는 ⑦번 개미가 아무 말도 할 수 없었습니다. 자신을 반갑게 맞아주는 베짱이가 너무나 고마웠기 때문입니다.

'만일 나 같으면 차갑게 외면할 텐데 역시 베짱이는 마음이 넓어.'

"…."

베짱이는 두 눈에 눈물이 가득 고여 있는 ⑦번 개미에게 말했습니다.

"허리디스크는 다 나았어? 가족들은 다 잘 있고?"

"허리 상태는 아직도 좋지 않아… 가족들은 내가 예전만큼은 일 하지 못하고 있으니 고생이지. 나 대신 아내가 더 일해야 하니…."

베짱이는 대기실 벽에 걸려 있는 시계를 쳐다보았습니다. 공연 시작 10분 전이었습니다. ⑦번 개미는 시계를 쳐다보는 베짱이를 보며 시간이 얼마 없다는 것을 알았습니다.

⑦번 개미가 말했습니다.

"자네에게 할 말이 있어서 이렇게 염치없지만 찾아왔다네."

"나에게 할 말이 있다고?"

베짱이는 갑작스러운 ⑦번 개미의 얘기에 놀랐습니다.

"7년 전 겨울, 우리 집에 찾아오지 않았었나? 양식을 부탁하려고."

베짱이는 웃으며 대답했습니다.

"아, 그랬지. 그땐 너무나 배가 고파서 말이야. 하하."

⑦번 개미는 떨리는 목소리로 말했습니다.

"그때 내가 너무 매정하게 대했어. 정말 힘들게 생활하던 자네에게 도움은 주지 못할망정 비아냥거리기까지 했으니…."

천천히 말을 이었습니다.

"그 일을 사과하려고 찾아왔다네. 그동안 정말 많이 반성했네. 자네가 내 사과를 받아주든 받아주지 않든 간에 나는 꼭 자네에게 사과하고 싶었어."

더 낮은 목소리로 말했습니다.

"그때 그일은 정말 미안하네. 나를 용서해주게."

베짱이는 ⑦번 개미의 떨리는 목소리를 듣자 정말로 뉘우친다는 것을 알 수 있었습니다. 그러자 베짱이의 마음은 밝은 전등이 켜진 것처럼 환해졌습니다.

베짱이는 ⑦번 개미의 손을 잡으며 말했습니다.

"나는 벌써 다 잊었는걸. 그리고 그때 자네의 입장을 충분히 이해해. 나 같았어도 기타나 치며 노래 부르는 게으름뱅이처럼 보이는 나한테 쉽게 양식을 꾸어주지 않았을 거야. 하하."

베짱이가 환하게 웃으며 말했습니다.

"지금 나는 자네에게 고마워하고 있어."

⑦번 개미는 휘둥그레진 눈으로 바라보았습니다.

"…?"

"만일 그때 자네가 나에게 살갑게 대해 주고 양식을 주었다면 지금의 나는 없었을지도 몰라. 자네뿐만 아니라 다른 개미들이 나에게 모질게 대하고 무시할 때마다 나는 '반드시 유명한 가수가 될 거야' 하고 단단히 각오할 수 있었다네. 그리고 이를 악물고 노력했지. 그러니 내가 자네에게 고마워해야지."

"그랬군…. 자네 말을 들으니 부끄러워서 얼굴을 들 수가 없네."

베짱이는 특유의 낙천적인 표정으로 말했습니다.

"그러니 너무 마음 쓰지 말게. 그리고 다 지난 일인데 뭘."

베짱이는 시계를 보았습니다.

"지금 바로 공연을 해야 해서 말일세."

베짱이는 잠시 생각에 잠겼다가 말을 이었습니다.

"이렇게 나를 찾아와준 것에 대한 보답으로 자네에게 선물하고 싶어. 지금 매니저에게 말해서 앞자리에 자네 자리를 준비해두겠네. 하하."

"아니, 그럴 필요까지 없는데… 나는 단지 자네에게 사과하려고…."

베짱이는 힘주어 말했습니다.

"오늘 이렇게 자네 얼굴을 보니 힘이 나는걸. 찾아와주어 정말 고맙네. 이따 보세."

말을 마친 베짱이는 대기실을 빠져나갔습니다.

⑦번 개미는 전혀 예상하지 못했던 베짱이의 환대에 몸 둘 바를 몰랐습니다. ⑦번 개미가 주위를 두리번거리고 있을 때 매니저가 대기실로 들어왔습니다.

매니저가 말했습니다.

"베짱이 선생님처럼 유명한 가수를 친구로 두시다니 정

말 행복하시겠습니다. 저에게 선생님을 무대가 잘 보이는 VIP석으로 모시라고 부탁하셨습니다. 그럼, 저를 따라오시지요."

⑦번 개미는 앞서 걸어가는 매니저를 따라 걸었습니다. 곧 공연이 시작되었고 여기저기서 들리는 휘파람 소리와 함성이 공연장을 가득 메웠습니다. 공연 내내 ⑦번 개미는 흥분된 상태로 베짱이의 공연을 지켜보았습니다.

너에게 해를 끼친 사람은 너보다 강하거나 약했다. 그가 너보다 약했으면 그를 용서하고 그가 너보다 강했으면 너 자신을 용서하라.

— 세네카

화해와 용서로 따뜻한
감정을 느끼는 베짱이와 ⑦번 개미

베짱이의 공연은 텔레비전 중계를 통해 전국으로 생방송되었습니다. 베짱이가 텔레비전에 나오다는 소식은 삽시간에 온 마을로 퍼졌습니다. 개미들은 일손을 놓고 텔레비전 앞에 모여 앉았습니다.

텔레비전을 보고 있던 개미들은 모두 깜짝 놀라고 말았습니다. 무대 앞자리에 ⑦번 개미가 앉아 있었기 때문입니다. ⑦번 개미는 공연에 흠뻑 빠져 연신 손뼉을 치고 있었습니다. 그의 얼굴에선 허리 통증에서 비롯된 고통스러운 표정 대신 행복한 미소가 가득했습니다.

개미들은 ⑦번 개미를 보며 이렇게 말했습니다.

"쟤, ⑦번 개미 아니야?"

"어떻게 된 거지? ⑦번 개미가 왜 저기 있는 거야?"

"내가 어떻게 알아?"

"⑦번 개미는 정말 좋겠다. 텔레비전에도 다 나오고."

개미들은 베짱이의 공연에다 공연장에 있는 ⑦번 개미까지 보게 되자 부러운 마음이 들었습니다. 개미들은 저마다 꿈을 이룬 베짱이를 부러워했습니다. 게다가 베짱이에게 용서를 구한 ⑦번 개미의 용기가 대단하다고 생각했습니다.

* * *

이윽고 공연은 끝이 났습니다. 방송국을 나선 베짱이는 ⑦번 개미를 자신이 자주 가는 레스토랑으로 데리고 갔습니다. 그곳에서 베짱이와 ⑦번 개미는 그동안 못다한 이야기를 나누었습니다.

이야기 중간에 ⑦번 개미는 자신의 힘든 처지를 얘기했습니다. 그러자 베짱이는 자기의 일 마냥 마음 아파하며 눈물까지 글썽였습니다.

베짱이가 말했습니다.

"그런 일이 있었군그래. 자네가 핫도그 조각을 혼자서 힘들게 운반할 때 내가 도와주었더라면 허리를 다치지 않았을 텐데… 나 또한 자네에게 미안한 마음이 많았다네."

베짱이는 덧붙여 말했습니다.

"정말 미안해."

"아니야. 다 욕심을 부렸던 내 잘못인데 뭐."

그렇게 둘은 그동안의 원망과 미움을 다 털어버리고 즐거운 시간을 보냈습니다.

레스토랑을 나왔을 때 베짱이는 ⑦번 개미에게 작은 봉투 하나를 건네주었습니다.

"자, 이건 내 작은 성의일세. 형편도 어려울 테니 병원비
에 보태 쓰게나."

"고맙지만 마음만 받겠네."

"이렇게 옛 친구의 성의를 무시할 텐가?"

"이처럼 고마울 데가…."

⑦번 개미는 극구 사양했지만, 베짱이는 ⑦번 개미의
손에 봉투를 쥐여주었습니다. ⑦번 개미는 계속 거절하는
것도 베짱이의 성의를 무시한다는 생각이 들어 봉투를 받
아들었습니다.

⑦번 개미는 집으로 돌아오면서 마음이 이상했습니다.
세상에 태어나 처음으로 느껴보는 알 수 없는 감정이었습
니다. 그동안 욕심을 부리며 살았을 때는 마음이 바위처
럼 딱딱하고 쇠처럼 차가운 느낌이었습니다. 그러나 베짱
이를 만나 용서를 구하고 화해하고 나니 마음이 마치 난

롯불 옆에 앉아 있는 것처럼 따뜻해진 느낌이었습니다. 기쁨과 행복이 뭉개구름처럼 피어올랐습니다.

　⑦번 개미는 밤하늘을 가만히 올려다보았습니다. 촘촘히 예쁜 별들이 밤하늘을 가득히 수놓고 있었습니다. ⑦번 개미는 '마치 지금 자신의 마음속에도 별들이 가득 들어 차 있는 건 아닐까?' 하는 생각이 들었습니다. ⑦번 개미는 자신의 마음에 사랑이 가득하다는 것을 알지 못했던 것입니다.

운명은 기회의 문제가 아니라 선택의 문제이다.
기다리는 것이 아니라 성취하면 되는 것이다.
— 윌리엄 J.브라이언

인기 스타가 된 베짱이 이야기

초판 1쇄 인쇄 | 2014년 1월 16일
초판 1쇄 발행 | 2014년 1월 20일

지은이 | 김태광
펴낸이 | 이승용

펴낸곳 | 위닝북스
기획 | 허진아 고경수
편집 | 룬미디어 심진화
교정교열 | 유지은
마케팅 | 이경진 김용준

출판등록 | 제 312-2012-00040호
주소 | 서울시 서초구 태봉로2길 60 311-803
전화 | (070)4024-7286
이메일 | winningbooks@naver.com

ⓒ위닝북스(저자와 맺은 특약에 따라 검인을 생략합니다)
ISBN 979-1-18542-104-9 (03810)

위닝북스는 독자 여러분의 책에 관한 아이디어와 원고 투고를 설레는 마음으
로 기다리고 있습니다. 책으로 엮기를 원하는 아이디어가 있으신 분은 이메일
winningbooks@naver.com 으로 간단한 개요와 취지, 연락처 등을 보내주세요.
망설이지 말고 문을 두드리세요. 꿈이 이루어집니다.